I0617845

Un été pourri

ISBN : 978-2-490595-31-0

Un été pourri

Daniel Ziv

Aucun des personnages de ce livre
n'est de pure imagination

La théorie ou plutôt le ressassement qui porte ce nom et qui est si variable en ses énoncés qu'il semble parfois que seule son insipidité y maintienne un facteur commun, n'est que le remplissage du lieu où une carence se démontre, sans qu'on en sache même la formule.

Jacques Lacan (écrits)

Chapitre 1

C'était déjà la mi-juillet et pour se donner l'air d'avoir l'air, l'air de en général de l'armée de terre, un air coincé, l'air de l'International, un air de rien et sans rien de particulier sauf d'être justement particulier et pollué, la grande majorité des parisiens qui se rencontrait, dans la rue, les bureaux, les cafés, les épiciers, les bordels clandestins, les marchands des quatre saisons (je voudrai un kilo d'hiver mélangé de printemps, s'il vous plaît), les autobus, les métros, dans leurs rêves ou leurs cauchemars, à la Hune boulevard Saint Germain, à la deux sur la télé, à la der des ders pour les fauteuils roulants, la grande majorité des parisiens échangeait les propos suivants au lieu de la boucler tout simplement : « Quel temps ! On se croirait pas en juillet ! Vraiment pourri comme un poisson de chez Ordralfabetix[1], crevé cet été ! Bah ça veut peut-être dire que l'arrière-saison sera belle ! Mais quand est-ce que ça va s'arrêter cette foutue pluie ! Oui j'avais pris une semaine de vacances et bien je ne sors pas de chez moi raconte un loquedu à un autre loquedu au bistrot du coin. Dingue ! J'ai même remis le chauffage !

Enfin j'en profite pour boire des grogs et relire Les Poulpes[2] et toute la trilogie. Vraiment pourri ce temps, pourri.

---

[1] Verleihnix en allemand ;Epidemmix en américain ; Unhygienix en anglais ; Gollagollatrix en coréen ; Ordenalfabetix en espagnol ; Ordinalfabetix en italien ; Kostunrix en néerlandais ; Pichonnix (pichon, en picard ; Ahigieniks en polonais ; Ordralfabetix en occitan ; Amaryllix en finnois ; Αλφαβητιξ (Alphavitix) en grec moderne ; Palamutiks (Palamut, Pélamide) en turc ; Aerobiks en serbe

[2] Les Poulpes, de Raymond Guérin publié en 1953, roman sur les camps de prisonniers

Et c'est un fait prouvé par les instituts de sondages que le temps était pourri comme un politicien. Il avait plu toute la semaine et la pluie rebondissait sur les pavés comme pour faire plaisir à l'inspecteur Maigret et les pavés semblaient usés par la pluie et la pluie s'en foutait et tombait noire et dure comme un jet continu de hallebardes fait de chiens et de chats franco - anglais.

Chapitre 2

J'étais confortablement installé dans mon appartement de la rue Saint Dominique, fumant une de mes dernières celtiques, un dry martini[3] généreusement servi dans un cristal en verre, Bob Dylan dans la sono, *the times they are a changing*, un vieux Calet dans les mains quand retentit la sonnerie de l'interphone qui me reliait directement avec mon bureau de consultations, deux étages plus bas dans le même immeuble.

Rassurez-vous, je ne suis pas toubib, dentiste, agent du fixe ou psy quelque chose, juste un privé trop souvent privé des choses qu'il aime.

C'était Karin, ma secrétaire intermittente qui m'annonçait la venue impromptue d'un anonyme prêt à se transformer avec un peu de chance, non point en colombe, nous n'étions ni chez Picasso ni à Saint Paul de Vence, mais en pigeon ou client, appelez ça comme vous voudrez.

Karin utilisait le bureau et le grand ordi-ordonateur des grandes causes qui s'y trouvait pour effectuer des travaux de frappes S.M. dites à domicile, comme les thèses, les antithèses et les mémoires, écrire des feuilletons pornos sur le déstructuralisme pour la télé qui malheureusement les refusait de façon soit volontaire, soit permanente. Mais ça ne la décoiffait pas pour autant.

---

[3] Pour une personne, 5 cl de gin et 1 cl de vermouth dry. A préparer dans un verre à mélange, remplir de glaçons au 2/3. Frapper énergiquement avec la cuiller à mélange de haut en bas. Servir en retenant les glaçons dans le verre rafraîchi et décoré lorsqu'on a le temps, d'une olive piquée d'un bâton au fond du verre.

En contrepartie elle faisait la permanence et prenait pour moi d'éventuels rendez-vous avec les improbables clients de l'agence.

Si par erreur ou par un hasard qui n'existe pas, l'un d'entre eux allait jusqu'à me rendre visite, il était favorablement impressionné par le travail qui semblait s'effectuer, ne pouvant s'imaginer qu'il ne s'agissait que de vent, de poudre aux yeux qui d'ailleurs est fortement désagréable lorsqu'il y a du vent mais moins nocive que d'autres poudres. Je pense à la poudre à canon bien entendu.

Mais revenons à notre histoire que nous n'avons guère après-guerre quittée. Un individu attendait deux étages plus bas, dans les bureaux de l'Agence Franklin, en quête de tous les genres, pour discuter affaires avec Casimir Franklin, directeur, enquêteur, employé unique dans tous les sens thermaux, spécieux et spatiaux de ladite agence.

Je me dirigeai donc vers l'espalier de service qui desservait ce qu'on appelle communément, sans faire de politique ou d'histoires un lieu de travail. Je devrais écrire « nos bureaux » car ils étaient constitués de deux pièces, la première où Karin jouait de l'ordonnateur debout et qui servait aussi de salle d'attente (pas Karin) où personne malheureusement n'attendait jamais et la seconde où je recevais des clients rares ou imaginaires et exerçais en partie mon autre métier de scribouillard pigiste pour des feuilles de choux peu regardantes.

Une fois installé inconfortablement derrière ma table de travail qui ressemblait à une déchetterie pour papiers usagés, bref un vrai foutoir, j'interphonai Karin afin qu'elle introduise notre visiteur.

Je venais de rallumer le mégot d'une de mes dernières celtiques quand il entra dans la pièce ; la soixantaine, mince et grand, légèrement voûté comme une église, costard de chez Smalto et pompes de chez Church bien évidemment. Il ressemblait à un ecclésiastique fatigué de la foi et du foie et riche comme un évêque. Chemise pâle comme un visage, cravate neutre comme un suisse durant la guerre. Cheveux argentés mitraillés en arrière, yeux verts de gris et mains de violoniste n'ayant jamais contrairement à Armand tâté du violon. Voilà quelles furent mes brillantes constatations alors qu'il s'installait tout aussi inconfortablement que moi dans le fauteuil réservé aux visiteurs d'un autre siècle. Elles ne m'apprirent rien de pragmatique sinon que mon client n'était pas un smicard et qu'avec un peu de chance, selon la théorie des vases communicants, hormis celui de Soisson...mais bref ! (Même si le pépin venait de Clovis) ;

Histoire de faire connaissance je fis quelques commentaires sur le temps pourri. Pour toute réponse il me tendit sa carte.

-   Constantin Volny Directeur Editions Z4

Comme de nombreuses personnes, pas si nombreuses que ça quand on y pense, je connaissais cette maison d'édition, réputée pour la qualité des textes qu'elle publiait. C'était un peu les Editions de Midi des heures deux mille, qui prenait des risques et n'attendait pas la mort d'un auteur, manuscrits dans un coffre-fort avant de se décider à les publier ou non. (Là est la question Mr G.G, mais vous êtes cadavre désormais et ne vous intéressez plus à ces futilités). En plus, vous êtes mort de mort naturelle, un manque à gagner dans mon métier mais j'ai rarement eu affaire à des morts surnaturels.

Non, c'était une maison d'édition qui travaillait vraiment pour publier les textes auxquels elle croyait et elle devait y trouver son compte si j'en jugeais par l'élégance bon chic de Constantin Volny. D'ailleurs ce nom ne m'était pas tout à fait inconnu. Il ne m'était pas tout à fait connu non plus.

- Enchanté, Monsieur Volny, que puis-je faire pour vous ?

Avant qu'il ne puisse réponde, un de mes deux téléphones se mit à hurler.

« Oui, allo ? oui, bonjour, non pas pour l'instant je suis occupé, oui pour les honoraires, allo, oui donc oui, pour les honoraires donc, deux jours de filature, un aller-retour Roubaix à vélo quatre fois huit que je retiens le cinq moins la racine circulaire d'une étoile filante, ça fait huit mille euros, oui oui, bien entendu, donc à demain, oui d'accord, très bien, oui au bureau, bon à demain. »

C'était Karin à l'autre bout du fil, un de nos trucs usés comme la peau d'un serpent égyptien acheté au secours populaire, un truc pour montrer combien on était bousculé et combien la vie devenait chère. Il faut ce qu'il faut, même si cette expression est absurde. Ça marchait en principe relativement bien.

- Excusez-moi, oui, que puis-je faire pour vous ?

Les peaux de serpents égyptiens se transforment parfois en peaux de bananes pourries ainsi que j'allais m'en rendre compte - métempsychose. Enfin, j'exagère un peu mais c'est facile à écrire. Merci Joyce.

- C'est une situation qui sans être internationale est un peu délicate qui m'amène, je ne sais pas trop par où commencer. Voilà, que je vous explique d'abord pourquoi j'ai choisi votre agence plutôt qu'une autre : dans cette affaire, nous voulons quelqu'un qui puisse y consacrer tout son temps. Nous n'avons pas voulu contacter une officine officielle qui emploie de nombreux détectives, nous avons cherché un homme qui travaillerait seul, de façon officieuse, heu, pour des raisons de discrétion et comment dire, pour pouvoir être en contact permanent, je ne sais pas si vous me suivez. » Je ne le suivais absolument pas, alors que c'est le nerf de guerre de notre métier et de toute façon nous étions assis dessus.

- Oui je vous comprends tout à fait déclarais - je avec un sourire de mal entendant réveillé par les hurlements de sa dentition. » « Oui, quelqu'un qui puisse travailler pour nous à temps plein tout en n'étant pas plein tout le temps, alors nous avons fait, c'est heu, assez étrange à dire, oui nous avons fait une petite enquête pour savoir quel enquêteur conviendrait le mieux à cette affaire et d'après cette enquête, tout indique que vous ferez l'affaire. »

Et voilà ! Ces gens avaient fait une enquête, la belle affaire, pour savoir quel enquêteur choisir et cette enquête les avait conduits chez moi. Bref, ils étaient en quête d'un enquêteur comme moi. Je me demandais à quelle maison de renseignements ils s'étaient adressés pour faire cette enquête et si avant de la choisir ils n'avaient pas fait, qui sait, une enquête sur la maison de renseignements susceptible de faire la meilleure enquête pour trouver l'enquêteur qui leur conviendrait le mieux. Mais, comme je ne suis pas susceptible, je le laissai continuer.

Alors, c'est à la suite de cette enquête que je suis venu vous trouver ; je pensais vous téléphoner cet après - midi, mais comme je passais non loin de la rue Saint - Dominique, je me suis dit, ma foi, que si vous étiez chez vous, autant venir directement, ce serait tout aussi simple.

Très bien, je regrette simplement que vous ne m'ayez pas confié l'enquête qui vous a déterminé à venir me trouver car je serai arrivé aux mêmes conclusions, mais cela ne m'explique pas ce que je peux faire pour vous. »

- Jean Bernallier a disparu et nous aimerions que vous le retrouviez.

Jean Bernallier, un écrivain au talent aléatoire comme la roulette d'un casino truqué à Las Vegas avait fait parler de lui avec Antilope en publiant un roman de politique fiction il n'y avait pas très longtemps, où il arrivait à la conclusion que non seulement les Etats-Unis, comme certains le supposaient, mais que le monde entier était gouverné par un groupe d'hommes d'argent appelé « le groupe des cent » et qu'aucun président de la république, roi ou dictateur n'était élu sans leur consentement .

Ainsi donc, Jean Bernallier avait disparu. Enfin c'est ce que disait mon interlocuteur. Peut-être était-il simplement parti en vacances sans laisser d'adresse, ou avait-il décidé de se réfugier dans quelque monastère isolé comme il se doit, les bons contes font les bons amis, afin de rédiger une nouvelle version du Da Vinci Code ; je demandai donc à Volny quelques détails supplémentaires, ainsi que les raisons qui pouvaient bien pousser les Editions Z4 à se préoccuper des allées et venues d'un auteur.

Si toutes les maisons d'éditions allaient quérir un privé chaque fois qu'un de leurs auteurs faisait une fugue, ça expliquerait bien entendu le prix anormalement élevé des bouquins, dont le niveau lui, souvent ne l'est pas mais ça rendrait aussi mes fins de mois moins difficiles. Mais bien, je ne vais pas écrire sur mes faims de moi ni sur mes fins de mois car il faudrait tout un livre et encore, ça vous laisserait sur votre faim. Bon, je laissai Volny s'expliquer.

- Bernallier était sous contrat (mot que j'aime, même si je ne m'étais jamais occupé des affaires de la Mafia), il devait nous remettre la semaine dernière un nouveau roman. » Un nouveau roman pour un nouveau pseudo philosophe, jusque-là tout me semblait normal.

- C'était à nouveau comme son dernier bestseller, un roman de politique fiction, en fait la suite et la fin de l'histoire du groupe des cent, vous savez, les petites pièces qui encombrent nos poches. Nous avons déjeuné ensemble il y a un mois environ, chez Léo Le Lion Roussissant. Bernallier était très excité. Il était à la phase finale de son livre, mais lui-même en bonne santé et m'a assuré qu'il nous remettrait son tapuscrit au plus tard la première semaine de juillet. Depuis, pas de nouvelles ; j'ai essayé de le joindre par téléphone à son domicile de la rue Vanneau, sans résultat. A tout hasard, alors que je passais dans le quartier, je me suis rendu chez lui.

J'ai sonné, personne n'a répondu. Alors sans véritable raison sauf la mienne et d'avoir gravi cinq étages à pieds, j'ai tourné la poignée de sa porte d'entrée et de sortie. Aucun verrou, la porte s'est ouverte sans aucune malice, milice ou résistance. A l'intérieur, tout était sens dessus dessous sans pour cela être affriolant, tous les tiroirs renversés, les papiers éparpillés, les poupées gonflables éventrées, les tableaux envolés ; enfin, je parle de ceux qui étaient dans le salon car je ne me suis pas aventuré plus avant, j'ai refermé la porte sans demander mon compte, d'ailleurs il n'y avait personne pour me le donner et je suis rentré à mon bureau.

Depuis, aucune nouvelle de Bernallier.

A dire vrai, Mr Franklin, nous sommes plutôt inquiets, car ainsi que je vous l'ai dit, la dernière fois que je l'ai rencontré on aurait cru qu'il avait mangé du lion, il était très excité, il m'a dit, je m'en souviens très bien : et bien Volny, ça y est. Dans quelques jours vous aurez le bouquin du siècle. Celui qui foutra en l'air tous les gouvernements, enfin à condition qu'il ne soit pas massacré par la censure. (Pas les gouvernements, le bouquin bien entendu, vous auriez pu deviner vu que le « il » que j'ai utilisé est singulièrement au singulier afin qu'il n'y ait pas de malentendu.)

Ils le savent, ils savent que j'ai réuni toutes les pieuvres, mais ils ne peuvent rien, absolument rien. J'ai pris mes précautions, chez mon pharmacien. Rien, ils ne peuvent rien faire et dans quelques jours vous aurez le best Peter seller du siècle. Il ne me reste plus qu'une vérification à faire.

Mr Franklin, il faut que vous retrouviez Bernallier !

Tout cela me semblait un peu confus. Cela m'aurait peut-être paru plus simple si j'avais lu Confucius mais ce n'était pas le cas. Je n'avais toujours pas compris pourquoi j'avais été élu pour retrouver l'écrivain disparu mais bon, il fallait donner l'impression photographique statique et argentique d'être à peu près intelligent, poser pour les questions qui s'imposaient.

« Je crois comprendre que vous liez la disparition de Bernallier au manuscrit qu'il allait vous remettre. Ça ressemble à une omelette au carré.

Cependant que savez-vous de sa vie privée ? Lui connaissez-vous des ennemis ? Est-il marié ? Petites amies ou petits amis ? Alcool, drogue, poésie ? A-t-il une automobile ? Quelle marque ? A-t-il des soucis que vous ne connaissez pas et sur lesquels vous ne pouvez donc rien me dire ? Des mystères qu'ils soient catholiques ou d'une autre religion dans sa vie ? »

Volny ne savait rien de tout cela.

« Soit, je vais essayer de retrouver votre écrivain en espérant que ce ne soit pas vain. Mes tarifs habituels sont ...

A propos de tarifs répliqua Volny :
- Notre enquête nous a révélé que votre petite agence ne marchait pas très fort ces temps - ci. Vous avez deux mois de retard pour votre loyer et ce ne sont pas les papiers que vous faites à droite et à gauche, plus souvent à gauche qu'à droite, qui peuvent vous aider à remonter la pente. »

Et bien, à propos de pente, elle était un peu raide celle-là ; je le laissai continuer.

- Vous voyez nous sommes renseignés. Mais justement, comme nous tenons particulièrement à vos services et que nous ne voulons pas que vous ayez d'autres soucis dans votre tête, nous avons estimé que cinquante mille euros dès que vous accepteriez et cinquante mille euros une fois que vous aurez retrouvé Bernallier semblait une juste rémunération généreuse.

Dans un mirage qui ne volait pas très haut (mais le vol c'est aussi mon métier), je vis fondre comme la sorcière du Magicien d'Oz, propriétaire, percepteur, banquier, rapaces de chez Cet été l'aime et tant d'autres. Ils se tenaient la main pour descendre au centre de la terre et dans leurs bagages si l'on faisait les comptes se trouvaient justement cent mille euros qui hélas allaient brûler en enfer. Un peu triste les histoires d'argent qui s'enflamme, plus gai lorsqu'il s'agit d'agents du fisc où dans le figuré de jolies femmes.

Avant d'accepter cette mission dont je ne savais si elle était catholique, il me restait quand même une petite question sans rapport avec l'inquisition :

- Alors vous avez enquêté pour savoir quel enquêteur choisir, soit ; mais cela ne m'explique toujours pas votre choix.

- C'est que vous êtes aussi journaliste, si vous menez une enquête, vous aurez plus de chances de passer inaperçu. De plus, vous connaissez pas mal de monde dans les cercles littéraires et si vous posez des questions ça semblera naturel, comme votre ...

(mais n'étant pas SH je n'avais aucune raison de faire taire W)

- ... ce qui ne serait pas le cas pour un autre détective. Dans les arcanes de cette enquête, nous pensons que vous avez plus d'atouts que d'autres pour retrouver Bernallier.

Je ne savais trop que penser de cette histoire, il me manquait trop d'éléments pour savoir si cette disparition était sérieuse ou non. Le moins sérieux en tout cas, même si je n'avais plus dix-sept ans (merci Charles, merci Léo), c'eut été de refuser les cent mille euros qu'on me proposait en entrée. On ne savait jamais, elle serait peut-être suivie d'un plat de résistance et d'un pouce café comme disent les bûcherons canadiens.

- Et bien j'accepte (dis-je en allumant une de mes dernières celtiques). Mais on ne peut pas dire que vous m'ayez donné beaucoup d'éléments. (Silence Watson !)

En disant cela je pensais déjà à quelques personnes capables de me rencarder sur Bernallier. On verrait bien, ma foi (que je n'ai jamais eu), avec un peu de chance...

- Voilà qui est bien. Tenez-moi au courant de vos progrès, de votre énergie et si vous pensez que je peux vous être utile, n'hésitez pas à m'appeler et puis comme l'a écrit Einstein, l'imagination est plus importante que le savoir.

Sur ce, il me tendit une nouvelle carte de visite avec son adresse et téléphone personnels. Il sortit d'un chapeau imaginaire un lapin crevé et une liasse de billets de cinq cent euros et déposa le tout sur ma table. Pour ne pas être en reste, je lui offris en reçu, un ticket perdant du PMU, sur lequel j'inscrivit la somme de cinquante mille euros et que je signai.

- Vous ne voulez pas recompter ?

- Non, je vous fais confiance, je n'aime pas avoir deux fois de suite affaire au même conte, histoire de ne pas avoir de mots.

Je le raccompagnai jusqu'à la porte. Une fois seul, je me servis un dry martini, en préparai un second et interphonai Karin. J'éparpillai négligemment les billets sur ma table, escamotai le lapin sauce moutarde mais sans gaz et commençai à siroter ma boisson.

Chapitre 3

Quand Karin rentra dans le bureau elle était prête à poser mille et une nuits, mille et une questions. Il faut dire que mon entretien avec Volny avait duré presque deux heures.

- Alors qu'est-ce qu'il v... Mais gazette ! C'était un représentant du loto national ce type ? T'avais un billet gagnant et tu l'avais perdu ? Ils ont fait une enquête et ils t'ont retrouvé ?

C'est fou ce qu'on pouvait me parler d'enquêtes ce jour-là. Je mis Karin au Channel n° 5 et nous décidâmes d'aller fêter ça comme il se doit, en allant dîner à la coupole puis écouter du jazz au Trois Maillet. Memphis Slim qui n'était pas si mince que ça, hélas avait déjà disparu comme un magicien dans une boîte de sapin blanc.

Il était encore tôt pour ces agapes endiablées dans des lieux enfumés et je décidai donc pour passer le temps qui passe de lui-même de commencer à gagner l'argent des éditions Z4.

Pour cela, rien de plus facile, comme je ne savais pas par où commencer, le plus simple était d'aller m'informer plus amplement comme un manteau trop vaste de marchand de photos et gadgets pornos sur Bernallier et comme il était écrivain, peut être bien qu'une lecture de fou en diagonale de ses livres m'apprendrait quelque chose.

Dehors, dans la pluie et le froid, une manif battait son plein sous les yeux torves et malveillants de flics qui battaient la semelle de leurs mains gantées, matraques enfoncées dans la gueule, attendant des jours meilleurs ou des autonomes à se mettre sous leurs dents déchaussées comme des maréchaux.

Il y a souvent des manifs qui passent rue Saint -
Dominique, c'est comme le soixante-neuf qui vient du
Champs de Mars et dans lequel pourtant les usagers se
comportent correctement. Peut-être parce qu'ils sont déjà
usagés. Ces préservatifs sont systématiquement dispersés place
des Invalides, ce qui permet d'en augmenter le nombre et puis
ça met de l'animation dans le quartier.

Difficile dans ces conditions de décarrer un taxi. Le plus
simple c'était de prendre le métro, Latour - Maubourg à trois
cents mètres de ma turne. Oui après le fou, la tour, cette
enquête se présentait comme une véritable partie d'échecs ce
que je ne souhaitais pas.

Des casseurs qui suivaient des gilets jaunes, avinés,
hurlants et trépignants, faillirent me renverser, s'ils l'avaient
pu, ils m'auraient piétiné comme un chewing gum qu'on vient
de cracher et qui colle aux chaussures du prochain passant.
Dans le métro la situation était plus calme. La station qui de
chez moi desservait le mieux le Centre Pompidou était
Rambuteau qui construisit les premiers urinoirs de la ville de
Paris. C'était un des cousins éloignés de Vespasien (9 - 79 et
empereur d'origine modeste.

Il fallait changer à République bien entendu mais trois
quarts d'heures plus tard, je pénétrai dans la magnifique
bibliothèque du temple.

J'y trouvai sept bouquins signés de Bernallier et
commençai par lire le plus ancien des anciens, ce qui me
rappela les ghettos de Lodz et de Varsovie. A Varsovie au
moins il s'était suicidé.

C'était un livre de mille neuf cent soixante-neuf, aucun
rapport avec l'autobus, sur les relations incestueuses entre la
révolution populaire et l'organisation des ashrams en Indes.

La conclusion alors que l'on ne peut jamais rien conclure,
était que Staline et Mao étaient des gurus. Je lu ce livre en
quelques minutes, le temps nous est compté et le trouvai assez
banal et insignifiant, moi qui du temps de l'université était un
spécialiste du signifiant et du signifié. Je le suis toujours mais
c'est hors propos ou hors livre comme vous voudrez ;

Ensuite je pris le plus récent des ouvrages ; Là, aucune théorie. Uniquement des affirmations selon lesquelles des masses d'hommes politiques dont les noms et les nons étaient cités, étaient manipulés par un groupe de criminels internationaux et bien entendu sans scrupules. Le jeu d'échec cher Fernando est aussi un jeu de manipulation, comme la guerre que tu hais autant que moi. Devenant vieux, je me demande si les scrupules sont utiles.

Il parlait de manière assez fumeuse de la loge P4[4], sans avoir rien compris et expliquait qu'il ne s'agissait que d'une toute petite partie de ce réseau infernal. Une petite paille dans une meule de pain colombienne. En tant que journaliste cependant j'aimerai bien avoir une interview du diable avec le diable.

Je parle du vrai, pas de celui qui est- à l'intérieur de chacun de nous comme un cancer qui nous ronge et contre lequel il est parfois possible de lutter.

C'était donc ça le bouquin qui avait fait scandale ! Rien que des accusations, qui semblaient se tenir, mais sans l'ombre d'une pieuvre. On se serait cru en pleine affaire Dreyfus avec du Guérin en plus - heureusement. Ca sauvait l'ensemble.

Une fois le barouf passé, le livre était tombé dans l'oubli comme la plupart des miens qui étaient mieux écrits.

Si le dernier livre de Bernallier était du même style mais avec des preuves en plus ça pouvait quand même donner à réfléchir comme un miroir sans teint.

J'allais continuer mon travail de recherche mais il y avait les Valeureux d'Albert Cohen qui traînaient sur une étagère et je partis avec Mangeclous sur les rivages de Céphalonie où le baron Rotschild mange avec le roi d'Angleterre, un haut de forme en or massif sur la tête. « Chérie osa-t-il ajouter tout bas dans la rue nocturne et il alla plus vite, victorieusement, soudain à voix haute annonçant aux étoiles qu'il était Mangeclous, vainqueur éternel. » Fin du livre. Je n'avais peut être pas appris grand-chose sur Bernallier mais j'avais passé un

---

[4] Pour plus d'informations, rendez-vous sur google.

excellent après-midi et c'était l'heure de rentrer. Sur la place, même les épisodiques avaleurs de feu et les éternels badauds avaient déserté comme des citoyens modèles à la veille d'une guerre.

Ils n'avaient été chassés que par la pluie. Ne restaient que de rares touristes paumés et désargentés avec leurs sacs à dos, à la recherche hypothétique dans ce quartier d'une hôtesse aussi bon marché que le magasin.

Rue du Renard, un couple de langoustes extrayait paillettes et fifrelets d'un taxi en baragouinant dans un incertain dialecte, sous l'œil torve d'un passe - lacets qui plantonait en ralinguant alors qu'il n'y avait pas de quoi.

Je profitais de l'aubaine et demandai au camionneur de me cambuter du côté de la rue Saint-Do, ce qui par miracle ne lui prit qu'un quart de colombe.

Chapitre 4

De retour chez moi, j'allumai la télé. Entre une jeune prostituée mauvais chic, genre moyennement moyen qui annonçait qu'elle laissait tomber la poudre pour devenir ministre de la justice ou quelque chose d'aussi banal et un jeune cadre mal dans ses baskets qui parlait de couches culottes absorbantes, la speakerine annonça le programme du soir pour les zombies de l'écran noir.

Il était question d'un spécial Dupont ou exceptionnellement celui - ci se rendait chez lui pour une automobile auto - interview de lui-même. Manquait pas de culasses celui - là.

J'allumai une de mes dernières celtiques, éteignis la lumière, la télé et pas le chauffage, descendit à mon bureau où Karin finissait de taper un scénario porno sur Shanon Turning « Prélude à la cybernétique du vingt et unième siècle ».

- Et bien, justifions nos horaires et honoraires, allons reprendre des forces à la Coupole !

Ma suggestion fut bien accueillie, même que les dernières pages du scénar seraient fouettées plus tard. Quelques minutes et nous étions à la rue. Dehors la pluie avait cessé mais pas le froid. Le clochard de la rue Saint - Do était installé pour la soirée dans son deux pièces macadam à trois cents, devant chez Ed, l'épicier discount. Chez Thoumieux quelques célibabateux étaient déjà attablés. Il y avait la queue d'un chat devant la charcuterie de la rue Jean Nicot et le marchand de jouets était sur le pas de sa porte, un mégot aux lèvres.

Nous rejoignîmes la voiture, vieille quatre sans quatre qui ne valait plus un cent, c'est mathématique, garée rue de la Comète.

En route pour la Coupole ! Sur le chemin j'essayai de me remémorer tout ce que j'avais lu ou entendu sur Bernallier.

Pas grand-chose en fin de compte ce qui me laissait sur la fin de ma faim. Un homme assez fin qui s'était souvent compromis pour quelques cents ou plus à écrire des théories farfelues sur les sujets les plus bêtes.

Il expliquait par exemple la guerre du Vietnam par des luttes de pouvoir entre trafiquants de drogue. La Mafia y trouvait son beurre et supervisait. Elle avait de puissants intérêts dans les usines d'armement et aurait gagné une fortune, vendant des mitraillettes contre de l'héro, les armes allaient au Vietnam dans des cercueils vides et l'héro aux USA dans des mottes de beurre. On se demande parfois qui furent les héros de cette guerre inutile.

Des théories comme ça il en avait pas mal ; un écrivain simpliste comme tant d'autres. Et pourtant au fond de lui il était brillant, comme quoi ! On avait commencé à le connaître en 68, du temps des barricades, copain de JPS, RD, DCB, AG, DZG, pour ne pas les nommer.

Puis le temps était passé et s'il avait été membre de l'Internationale Situ il n'en restait pas grand-chose. Ses écrits devinrent moins politiques quoi que plus généraux et sans état d'âme, comme un bon soldat, il avait suivi ses écrits.

Je ne savais guère rien de sa vie privée et j'avais l'intuition que c'est de ce côté-là qu'il me faudrait fouiner pour commencer. Il avait dans les cinquante ans et quelque chose, ce qu'exprimait son visage qu'il faisait passer autant que possible sur le petit écran.

On le voyait souvent à la Closerie des Lilas. Je n'étais pas un habitué de cette crémerie mais certains de mes pseudo copains l'étaient et il faudrait d'ailleurs que je pense à leur y offrir un godet un de ces jours.

Chapitre 5

A la Coupole, l'ambiance battait son plein c'est dire qu'il ne s'y passait pas grand-chose mis à part le monde et le bruit qui hélas ne faisaient pas que passer. Des touristes de la Force Européenne, quelques cars de japonais entiers et comme nous, quelques autochtones égarés. J'avisai un loufiat de service qui justement portait des fauberts et de vrais verres ; quelques minutes plus tard nous étions coincés entre des navedus plutôt selects. Parmi ces olibrius aux visages béats comme des tronches de mornes dans une prairie verdoyante, qui avaient atteint Montparnasse après avoir affronté montagnes et océans, péages d'autoroutes et sept cent quarante-sept charters sinon plus, décalages horaires et douaniers lymphatiques, tsunamis, tremblements de terre, centrales nucléaires, trafiquants de drogues, poètes suicidaires, parmi tous ces wisigoths qui découvraient la Coupole avec quarante années de retard, j'aperçut à quelques millièmes de verstes de nous, Bruno Château qui terminait de dîner avec six autres personnes dont les bobines cinématographiques me disaient pour certaines vaguement quelque chose.

Château était chroniqueur politique à la télé et nous nous connaissions raisonnablement bien. J'avais eu l'occasion de le passer à la question lors d'une enquête qui m'avait conduit à Martini Jet quelques années auparavant et nous avions sympathisé. Depuis il nous arrivait de nous rencontrer à des cocktails où nous buvions des cognacs dry et parfois nous déjeunions ensemble tout en fumant quelques une de mes dernières celtiques.

Il m'aperçut aussi et me fit signe de la main. Le loufiat aux fauberts, sans verres cette fois était revenu avec les menus. Nous choisîmes devinez quoi en apéritif, suivis de soupes à l'oignon et de plateaux de fruits de mer accompagnés de Pouilly fumé. Encore une habitude de détective, il n'y a pas de fumée sans feu. Le dry martini et une de mes dernières celtiques inhalée, je commençai à trouver sympathiques les têtes des charmants touristes qui faisaient l'effort de venir de si loin, tenter d'appréhender les vestiges d'un Paris aux années dissolues révolues.

Après la Coupole ils iraient certainement aux Deux Mégots ou au Flore, question d'intestins, siroter un drink entourés des fantômes de JPS, SDB, BV, RQ et AC. Ils auraient certainement comme voisins ceux qui restent mais qui ont passé une vie ratée à passer malgré eux inaperçus. La célébrité n'est qu'une question de chance, parfois mais rarement de génie.

Les plateaux de fruits de mer émergèrent dans une vague quand la tablée de Château se leva, tonitruante. Château vint me serrer la pince moi qui n'ai rien d'une langouste et il embrassa Karin, je vous passe les détails. Ils allaient terminer la soirée chez Berkany qu'il me montra du menton, je vous ai déjà écrit que l'argent n'avait pas d'odeur et il nous demanda si ça nous dirait de les rejoindre une fois notre pitance terminée.

Oh oui, oh oui, répondit Karin légèrement éméchée comme un zippo en rade. L'idée me plaisait aussi. Je me sentais un peu en vacances avec tout ce fric qui gonflait mes poches pour une période éphémère. Un peu martyr ou martinisé je pensais aussi que c'était un bon moyen de commencer mon enquête. Château connaissait assez bien Bernallier. Il nous donna l'adresse, quartier chic de Neuilly, ville assez infâme et partit rejoindre ses alcooliques acolytes.

Et bien les Trois Maillets ça sera pour un autre jour me dit Karin. Parfois elle avait le don de me rendre marteau.

Les huîtres avaient fait place à des omelettes norvégiennes qu'on n'aurait jamais osé servir en Norvège où d'ailleurs elles n'existent pas, il s'agit en fait d'une recette alsacienne. Dans la salle le brouhaha était intense, des personnes en vue levaient de temps à autre un œil pour s'assurer que la masse des inconnus les avait reconnus. Le monde change, on ne verrait plus jamais à la Coupole S, G, H, J, DZG et tant d'autres.

Nous mangions en silence, réfléchissant sans miroir à ce que nous allions pouvoir faire avec de nouveaux crédits, une fois ceux en cours et le restau remboursés.

Il faisait dans les vingt-deux heures et toujours aussi froid quand nous décarrâmes. La tarare nous attendait, un pévé au coin de l'essuie-glace, sur le passage clouté ou nous l'avions abandonnée ; un camion grue était en pleine action soulevant non loin de là une de ses congénères garée sur une sortie de garage.

Nous nous dirigeâmes vers Latour Maubourg, quand on joue aux échecs le plus dur est de sortir les tours, Latour Maubourg rien à voir avec le Bordeaux en château malgré la tour, ministre de la guerre de Louis Dix Huit et empruntâmes le pont des Invalides qui le prolonge comme il est naturel, puis la rue Copernic où un flic dans les étoiles gardait la synagogue et un autre, les yeux ensommeillés, l'Ambassade du Liban. Place Victor Hugo où les tables des cafés tournaient, nous nous engageâmes avenue de Malakoff et Porte Maillot, sortîmes un plan de banlieue. La rue des Huissiers (quel horrible nom) où demeurait Berkany était facile à trouver. Nous trouvâmes à nous garer juste à côté, rue des Poissonniers qui voisine avec Antoine de Chézy, l'inventeur du pont de Neuilly. La rue des Huissiers est petite et cossue. L'hôtel particulier de Berkany était cossu et grand. La grille d'entrée étant ouverte, nous serpentâmes à travers le jardin sans nous soucier de repérer une quelconque sonnette.
Une fois dans le vestibule, nous tombâmes sur un factionnaire assez fadard aux faces coupées hautes. Il portait un plateau duquel nous nous servîmes en coupes de champagne, hélas il n'y avait pas de dry martini. Dans le salon était réunie la bande qui accompagnait Château à la Coupole.

Ce dernier fit les présentations. Il y avait là deux peut être futur stars d'un reality show, un promoteur immobilier du nom de Lapérousse, un jeune député du Jura qu'on disait plein de promesses, mais les députés sont toujours plein de promesses, malheureusement ils ne les tiennent pas car sinon ils n'auraient plus rien à dire. Venaient ensuite Maître Bergas un avocat spécialisé dans les causes perdues et qui grâce à lui le restaient et Berkany dont l'activité reconnue était plus ou moins inconnue.

Nos coupes de champagne éclusées, j'avisai une bouteille de dry martini dry qui à défaut de dry martini ferait l'affaire pour la soirée, je m'en servi un premier verre et m'insérai sur un canapé de cuir rouge, entre Maître Bergas et Château. Ce dernier était en grande discussion avec la minijupe d'une des futures stars potentielles. Non loin, Karin s'était resservie en champagne et badinait avec Berkany. Dans la sono le groupe russe Tsar Din jouait de la balalaïka en sourdine.

- Dis-moi Château, tu connais Bernallier ? Parait qu'il va bientôt sortir un nouveau bouquin et je cherche quelqu'un pour m'introduire, histoire de faire un papier. Sûr, je pourrai l'appeler directement mais c'est toujours mieux d'être présenté.

- Tu parles si je le connais ! On était même en fuck ensembles.

Voilà qui commençait à m'intéresser mais peut être que je n'aurai pas dû lui demander de m'introduire.

- On se voit toujours de temps en temps, je lui passe un coup de fil si tu veux. C'est drôle que tu me parles de lui, j'ai justement essayé de le joindre en début de semaine pour un sujet sur ce nouveau mouvement littéraire, le destructuralisme, mais sans succès, comme le mouvement d'ailleurs. Remarque il est peut être parti en vacances. Dès que je lui mets la main dessus, je lui parle de toi.

J'essayai de tirer quelques tuyaux - généralité sur le type. Château m'apprit qu'il était célibataire. Cependant il s'affichait souvent avec des jolies filles mais c'était plutôt pour le cinéma ou la télé. En fait il n'avait pas beaucoup d'amis mais curieusement beaucoup de relations.

Maître Bergas vint se joindre à la conversation. La cinquantaine, cheveux blancs, taille moyenne, il portait un costume noir à rayures jaunes, à moins que ce ne soit le contraire ainsi qu'une bague avec un gros grenat qui ne pouvait passer inaperçu, mais peut-être ne s'agissait-il que d'un rubis. Ses dents étaient aussi jaunes que le blanc de ses yeux. Il nous avait entendu parler de Bernallier et me demanda si je le connaissais.

- Non, jamais rencontré mais j'ai l'intention de faire un article sur lui si l'occasion se présente. » « Vous êtes journaliste ? »

- Pas vraiment mais il m'arrive de faire quelques articles en passant, activité chinoise de dilettante.

- Et vous signez sous quel nom ?

- Oh, ça dépend du genre d'article et puis pour quel journal je l'écris, si c'est un article de pêche je signe différemment que pour un article sur un écrivain.

En me présentant, Château n'avait pas insisté sur ma profession. Peut-être parce qu'il hésitait sur mes deux spécialités. Que l'on me présente comme journaliste ça passait assez bien mais si on disait que j'étais un privé, à chaque fois ça attisait la curiosité, les gens ayant la fâcheuse tendance à penser que je vivais avec des cadavres et des jolies poupées et que je dormais avec les mêmes, hormis les cadavres.

- Et vous, vous connaissez Bernallier ?

- Ma foi oui, je l'ai défendu une fois lors d'un procès en diffamation contre un ministre et depuis on se fréquente de temps à autre.
- Vous avez gagné ce procès ? »

- Oh, nous n'avions pas l'intention de vaincre. Bernallier avait accusé le ministre de toucher des pots de vin de la mafia et ça avait fait de bon titres dans les journaux, c'est important la pub pour ne pas se faire oublier du public. Le procès a eu lieu huit mois plus tard. C'était devenu une vieille affaire rouillée qui n'intéressait plus personne, alors on a plaidé coupables. »

- Mais le ministre touchait vraiment des pots de vin ?

- Je ne sais pas, je suppose que non mais c'est un détail sans importance. »

- Ah ?! Et pour ses derniers livres, je suppose qu'il a dû avoir pas mal de nouveaux procès ? Il n'a pas fait appel à vous ? »

- Non, je ne m'occupe plus d'affaires de ce genre, je laisse ça à mes confrères qui débutent, c'est de mise, ceux qui n'ont passé que leur premier examen.

Puis nous parlâmes de choses et autres comme du dernier client de Bergas qui venait d'être condamné à perpétuité pour le vol d'un car de police en état d'ébriété. Qui du car, de ses occupants ou de lui était dans un tel état, n'était pas vraiment certain mais le procureur avait fait des fixations compatibles avec son métier de délateur non seulement admis mais de plus payé par les impôts des citoyens.

Une des futures stars éventuelles prenait une coupe sur le plateau que lui tendait le loufiat. J'allai la rejoindre bientôt suivi de Lapérousse. Grand et maigre on aurait pu le prendre pour le Grand Duduche n'auraient été les nombreuses années qui les séparaient. Ça c'est pour la forme générale un jour de demi brume à Londres car vu de près dans une lumière normale, il n'y avait rien de naïf dans son regard, loin de là.

Nous engageâmes tous trois une discussion sur le temps qu'il faisait, un de mes sujets favoris, puis la star en devenir parlât d'elle ce qui est normal. Je fus bien surpris d'apprendre qu'elle avait un doctorat de philosophie mais comme je sentais que le promoteur avait hâte d'être en tête à tête avec la frangine qui lui jetait des regards obliques, j'allai rejoindre Karin qui discutait toujours avec Berkany.

Ils parlaient James Bond et Jean Luc Godard, Mocky et Orson Wells, Gabin et Woodie Allen.

Moi j'aime bien, surtout Woodie Allen. J'aurai bien rajouté Truffaut, Visconti, Bresson et Resnais dans la discussion mais la nuit s'allongeait comme de la pâte à guimauve et je décidai de prendre congé.

Je demandai à Karin si elle voulait que je la raccompagne mais elle semblait bien s'amuser. Il se trouverait c'est sûr quelqu'un dans l'assemblée pour la reconduire plus tard.

Chapitre 6

De Neuilly à la rue Saint-Do il n'y avait qu'un petit quart d'heure. En bas de mon immeuble Thoumieux fermait ses portes. Je montai directement chez moi sans passer par le bureau, allumai une de mes dernières celtoches et l'électrophone qu'on m'avait vendu pour une chaîne Hi-Fi, plaçai un Cohen sur la platine et me confectionnai un cocktail de mon invention dont je vous livre la recette, deux tiers de dry martini auxquels on rajoute deux autres tiers de dry martini. Cohen avait chanté quelques chansons quand la sonnerie du téléphone retentit.

Monsieur Franklin ? S'enquit une voix pas du tout ensommeillée malgré l'heure tardive.

- Oui c'est moi « répondis - je bêtement, me demandant qui pouvait bien être à l'autre bout du fil.

- Commissaire Gloussard à l'appareil. Excusez cet appel tardif mais nous avons essayé de vous joindre toute la soirée. Nous aimerions vous voir. Dès que possible. Si vous n'y voyez pas d'inconvénient, nous serons chez vous dans une quinzaine de minutes.

Que répondre à une demande de rendez-vous aussi courtoise, d'autant qu'il avait déjà raccroché. Pour qu'un flic, pardon un commissaire, m'appelle au milieu de la nuit pour me rencontrer illico fallait qu'il ait de bonnes raisons. C'étaient certainement pas mes nombreuses contredanses impayées qui le préoccupait. Puis, le commissaire Gloussard ne m'était pas inconnu. Il s'occupait de la plupart des enquêtes à sensation, celles qui font la manchette de Détective quand une fois le crime commis on ne retrouve jamais l'assassin.

Je me demandai ce qu'il pouvait bien me vouloir et en l'attendant, j'échangeai mon verre vide contre le même verre mais plein et allumai une de mes dernières celtiques.

Les chaussettes à clous non seulement font mal aux pieds mais elles n'ont jamais eu la qualité de la discrétion, c'est peut-être de là qu'elles tirent leur nom. Pourquoi les cognes les prisent et reprisent si fort en ce début de siècle où les semelles caoutchouc sont en vente libre restera toujours un mystère ; mon appartement avait beau être au sixième, j'entendis Gloussard dès qu'il eût traîné son premier pied dans la cour de l'immeuble. Un chat se mit à miauler.

Quelques instants plus tard il sonnait à la porte. (mais non, pas le chat, l'inspecteur, pardon le commissaire ! Faut vraiment tout vous expliquer !) Gloussard avait une cinquantaine d'années et le cheveu rare. Il chaussait des lunettes cerclées d'argent qui lui conféraient un air intellectuel. Grand et mince, on aurait pu le prendre pour un conférencier, à la rigueur pour un chauffeur de maître britannique. Il était accompagné d'un inspecteur, plus petit et plus enveloppé. Le genre de type si on se demande s'il n'est pas flic ou beauf à la Cabu ou les deux à la fois.

Je leur offris à boire et ils me surprirent en acceptant. Une fois installé, Gloussard me demanda si je connaissais un dénommé Constantin Volny.

- Heu oui, je connais, disons que nous nous sommes rencontrés ce matin pour la première fois.

Je commençai à m'inquiéter de la santé de mon client. Si un commissaire accompagné d'un inspecteur tenaient tant à me voir à son propos, c'est qu'il avait dû lui arriver quelque chose de pas catholique. Comme il avait un reçu du PMU de cinquante mille euros signé de ma main, ça devait expliquer que les flics tiennent à converser avec moi.

J'essayai de réfléchir à ce que j'allais bien pouvoir leur raconter.

- Pourquoi vous intéressez vous à mes relations avec Volny, comme ça, subitement au milieu de la nuit ?

- Il est mort.

Je ne fis même pas semblant d'être complètement surpris, mais quand même.

- Pas possible ! Nous nous sommes vus ce matin même à mon bureau. Il avait l'air en bonne santé et pas particulièrement soucieux. C'est incroyable ! Le cœur qui a lâché ?

- Et bien, je vais être franc avec vous en espérant que vous ferez de même. Volny a été assassiné chez lui en début d'après - midi. Le vol semble être le mobile du crime. Le ou les malfaiteurs ont tout mis sens dessous - dessus. Selon la femme de ménage qui est arrivée vers quinze heures, pas mal d'objets ont disparu : entre autres de nombreux tableaux, mais nous ne savons pas encore leur valeur. Peut-être que l'assurance pourra nous renseigner.

Le coffre-fort qui se trouvait dans son bureau a été vidé et les clefs ont disparu ; par contre dans une de ses poches nous avons retrouvé un reçu que vous lui avez signé ce matin pour cinquante mille euros. Je suppose que pour cette somme, il ne vous a pas demandé de surveiller sa femme, d'ailleurs il était célibataire.

- Commissaire moi aussi je vais être franc comme un euro avec vous mais je vous demanderai d'être discret si possible : il s'agissait d'un client et dans des circonstances normales, je suis tenu au secret professionnel.

Gloussard m'assura de sa discrétion dans toutes les mesures du possible et de l'imaginaire.

- Voilà, il voulait que j'enquête sur certains membres de sa maison d'édition. Il les suspectait de travailler pour des concurrents, quand un manuscrit d'un nouvel auteur leur paraissait tenir la route, ils lui faisaient comprendre qu'une autre maison était prête à les épauler davantage - dans le plus grand secret bien entendu.

Ses suspicions venaient du fait que depuis plus de six mois, les éditions Z4 n'avaient pas reçu un seul ouvrage qui ne risqua de s'écraser sur le premier platane venu. Volny s'est donc adressé à moi, mais il n'était pas sûr de lui et si coupables il y avait, il ne savait pas qui ils étaient. C'étaient des soupçons personnels, il ne voulait pas les ébruiter sans avoir de certitude. C'est pourquoi il m'a remis un acompte de cinquante mille euros en me demandant d'enquêter dans la plus grande discrétion. Je ne devais le re - contacter qu'une fois une certitude acquise dans l'un ou l'autre sens. Voilà commissaire, je ne pense pas que cela vous soit très utile. Personne en principe n'était au courant de la visite que Volny m'a rendu ce matin.

Tout en parlant, je me demandais si l'assassinat de Volny avait un rapport avec l'enquête qu'il m'avait confiée. Si c'était le cas, je ne pouvais mettre le commissaire au courant pour l'instant. Une visite à l'appartement de Bernallier s'imposait et une fois les roussins au Poison de chez Dior, je savais bien que ça ne me serait plus possible.

J'étais un peu gêné d'inventer une histoire qui risquait de les envoyer sur une route imaginaire mais c'était un cas de force majeure pour préserver le secret professionnel auquel j'étais tenu par un cadavre encore tiède. Bah, de toute façon ce qui était dit l'était. On verrait bien par la suite ce que Gloussard en ferait.

- Et bien ça aurait été trop beau que votre client vous ait demandé de surveiller son futur assassin. Remarquez, on tient peut-être quelque chose. Si quelqu'un aux éditions Z4 a quelque chose à se reprocher, ça explique peut être en partie notre affaire. Voyez-vous je suis persuadé que victime et meurtrier se connaissaient. S'il s'était agi d'un simple cambriolage on n'aurait pas retrouvé Volny assis derrière son bureau ; soit il aurait surpris le ou les cambrioleurs en plein travail, soit il aurait répondu à un coup de sonnette, dans aucun cas il ne serait retourné à son bureau. Volny connaissait son assassin et ne se méfiait pas, c'est clair comme de l'eau de roche non polluée. Peut-être que vous nous avez été utile après tout. Si vous vous souvenez de quelque chose qui aurait fugitivement échappé à votre conscient ou à votre inconscient, voici mon numéro de téléphone.

Sur ce, accompagné de son inspecteur qui avait fait tapisserie comme la femme d'Ulysse durant toute la conservation, il me serra la pince, me souhaita une bonne nuit et sortit.

J'allumai une de mes dernières celtiques, un peu inquiet. Ce commissaire m'avait paru bien trop bienveillant à me donner tous ces détails sur la mort de Volny, comme si on était collègues tous les deux. Il y avait là quelque chose qui ne collait pas plus que certains de mes rêves à la réalité.

Je consultai ma Swatch et commençai le rognage méthodique de mes ongles. Il y avait une décision urgente à prendre. En même temps il était déjà deux heures du matin. Bon, cinquante mille euros ça ne se gagne pas comme ça à ne rien faire. Je pris mes clefs, la rue Vanneau n'était qu'à quelques minutes de chez moi. Je pouvais aller jeter un coup d'œil sur l'immeuble où habitait Bernallier.

La nuit était toujours froide et sans étoiles. Le clochard de la rue Saint - Do dormait sous ses cartons, Badoit et vittel assemblés les uns aux autres.

Je pris à droite sur le boulevard des Invalides, à gauche rue de Babylone et voilà, ne bougez pas, j'étais rendu. L'écrivain habitait à l'angle de la rue de Varenne, un vieil immeuble restauré. Il n'y avait pas de gardien mais un digicode qui ne facilitait pas mes projets.

J'attendis avec patience que des noctambules réintègrent leur carrée. Je supposais que mon attente ne serait pas trop longue, les immeubles du septième arrondissement sont très souvent pourvus de studios ou de deux pièces habités par des célibateux ou de jeunes couples qui rentraient parfois tard dans la nuit.

Il me fallut cependant attendre une vingtaine de minutes qu'un taxi s'arrête à proximité, déposant sur le trottoir une jeune fille qui ne faisait certainement pas le trottoir pour gagner sa vie qui lui était d'ailleurs acquise.

Je la laissai ouvrir la porte faisant mine d'ouvrir celle d'à côté. Une fois qu'elle eut disparu, je me précipitai et retins la porte avant qu'elle ne se referme complètement.

J'attendis quelques minutes que la jeune fille ait rejoint son appartement et m'engouffrai à mon tour. Deux rangées de boîtes à lettres s'étendaient sur la gauche d'un couloir donnant sur un petit jardin intérieur. Je trouvai celle de Bernallier qui indiquait : escalier B 5ème G. Elle ne résista pas à ma lime à ongles. J'en sortis quelques prospectus que je remisai dans une boîte voisine et trois lettres que je m'appropriai sans vergogne. Ce courrier qui traînait laissait supposer que Bernallier n'était pas chez lui. Je lui rendais donc service en vidant sa boîte à lettres, ça aurait pu attirer un cambrioleur.

Cinq étages à pieds au milieu de la nuit c'est un peu duraille. Comme me l'avait indiqué feu Volny désormais éteint, la porte de l'appart de l'écrivain n'était pas fermée à clefs. Je rentrai donc, refermai la porte et fit comme chez moi, c'est-à-dire que je commençai par allumer la lumière et une de mes dernières celtiques.

La pièce qui donnait sur le palier et qui n'était autre qu'un salon ressemblait à un château de cartes après le passage de sept tsunamis. Les fauteuils étaient éventrés, dans la mesure ou les fauteuils ont un ventre, les tiroirs traînaient par terre, des objets hétéroclites jonchaient le sol, le reste était bien dans l'état que Volny avait décrit.

Je continuai mon inspection. L'appartement se composait outre le salon, d'un bureau, d'une salle à manger - cuisine américaine et de deux chambres à coucher avec qui le désire. J'avisai un bar et me servis un martini dry que je dégustai en commençant à lire les lettres que j'avais trouvées dans la boîte en arrivant.

La première était des éditions Z4. Elle contenait un chèque, en avance sur le livre que Bernallier devait leur livrer d'ici peu. Le mot d'accompagnement banal était de Volny.

La seconde était signée Vertine, une amie de l'écrivain qui lui donnait rendez - vous dans une boîte de nuit, le Wagon - Lit pour le mercredi suivant. C'était justement demain soir, enfin ce soir vue l'heure qu'il était déjà. Elle disait dans sa lettre qu'elle avait essayé de le joindre au fil mais qu'il ne répondait jamais, qu'elle espérait qu'il lui arrivait quand même de passer chez lui de temps en temps et qu'en le prévenant une semaine à l'avance, elle aurait peut-être le plaisir de le voir, sait - on - jamais. En tout cas, elle y serait à partir de vingt-trois heures.

La troisième lettre émanait du centre des impôts et m'appris simplement que je n'étais pas le seul sur terre à payer mes tiers prévisionnels en retard, faute de provisions. Ce dont je me doutais un peu. Je terminai mon martini dry et me mis sans illusions à fouiller l'appartement.

Il n'y avait aucun papier personnel, pas une note en dehors des notes de frais, ce qui semblait surprenant de la part d'un écrivain, à moins qu'il ne soit parti écrire dans un calme endroit, emportant tout cela avec lui. Mais ça, ce n'était pas crédible. On ne part pas de chez soi en emportant tous ses écrits, même si l'on est écrivain. On ne prend que ceux qui intéressent directement ou indirectement le sujet que l'on traite. Il y avait donc une ou plusieurs personnes qui cherchaient des papiers et avaient raflé tout ce qui traînait.

Vu le désordre, il m'était impossible de savoir si Bernallier avait quitté son appart précipitamment ou tranquillement, emportant ou non une valise avec caleçons de rechange et brosse à dent. Celui ou ceux qui avaient remué le ménage dans la turne ne m'avaient pas rendu service, mais au demeurant que j'étais, pour quelle raison l'auraient-ils fait.

Je décidai de me vautrer dans un fauteuil éventré dont les intestins sanguinolents se répandaient jusqu'au sol. A peine installé, je bondis comme piqué par une aiguille de seringue bourrée de cocaïne. Décidemment, le martini dry ne devait pas arranger mon cerveau, passés les trois heures du matin. Dans la salle de bain, les affaires de toilettes étaient toutes à leur place supposée. Si Bernallier était parti en vacances, ça devait être un gros dégoûtant qui n'avait pas pris sa brosse à dent, son dentifrice et son after shave ; d'accord, il avait peut-être une seconde brosse à dents et un rasoir de rechange, mais bon. Peu probable ; je décidai d'arrêter là mes investigations pour la nuit, il y a un temps pour chaque chose et l'heure était venue de retrouver mon lit.

Je redescendis en silence, sans croiser qui que ce soit. La rue Vanneau était aussi déserte que la maison de la radio aux heures de pointe, c'est dire qu'il n'y avait aucun signe de vie. Un quart d'heures plus tard j'étais chez moi, bien au chaud dans mon lit, sans même avoir eu le courage de me laver les dents. Je sais, ce n'est pas bien.

Chapitre 7

Alors que je visitais l'appartement de Bernallier, la fête continuait chez Berkany, battait son plein et ses langues déliées par l'alcool. Les discussions et les gens s'étaient mêlés et emmêlés au fil des coupes de champagne. Lapérousse et la starlette philosophe s'étaient éclipsés une bonne heure puis étaient revenus les yeux un peu plus cernés, mais personne ne s'en aperçu. Le député du Jura avait longuement discuté avec Bergas, puis avec Berkany. Château avait passé de longs moments avec la deuxième future star virtuelle puis avec Karin.

Plus personne ne semblait très net, hormis l'avocat. Il profita de cet état de fête pour disparaître sans se faire remarquer. Tout avait commencé par un long coup de portable discrètement donné. Vingt minutes plus tard il était au volant de sa jaguar et filait comme un bas vers les Champs Elysées. Maître Bergas était ennuyé. Franklin avait essayé d'être discret mais n'empêche, il posait trop de questions question Bernallier. Il fallait se renseigner, peut-être n'était-il pas vraiment journaliste. De toute façon il ne pouvait garder ses soupçons pour lui-même. Mieux valait faire un rapport immédiatement, aux autres de juger. Il avait appris au long des années que souvent un détail infime pouvait engendrer des catastrophes monumentales. Déjà, rien ne se déroulait comme prévu. Bernallier avait disparu sans crier gare. Peut-être avait-il fini par se méfier et prendre peur. Peut-être qu'un autre groupe avait été plus rapide et l'avait soustrait à la circulation. Ce qui était sûr, c'est que sa disparition avait été une véritable surprise et maintenant ce Franklin qui semblait rentrer dans la danse. Peut-être était - ce une bonne chose, si c'était un fouineur, il les mettrait sans le savoir sur une piste. Bon, il était trop fatigué pour raisonner très lucidement, mais ce qui était sûr, alors que l'on n'est jamais sûr de rien, c'est qu'il se passait à nouveau un imprévisible imprévu et que ce serait peut-être le moyen de rattraper le morceau.

Le bar où il avait rendez - vous donnait sur la rue Washington. Il était sombre et quasiment désert comme une assemblée nationale un jour de vote sans importance. C'était assez logique, l'heure était plus que matinale et le bouge avait un air glauque et malsain. Il était le premier arrivé et choisi une table dans un coin, se fit servir un café serré. Peu après deux individus vinrent lui tenir la main. Tous deux étaient conseillers à l'ambassade de Syrie, type fonctionnaires obscures auxquels on ne prête guère argent ou attention.

Bergas leur répéta ce qu'il leur avait déjà dit par portable sur ce type Franklin qui semblait s'intéresser de près à Bernallier. Franklin avait tout fait pour poser des questions sans avoir l'air d'y toucher mais la malchance avait voulu que ce soit entre autres à une personne qui depuis une semaine était obnubilé par Bernallier, quelqu'un qui était prêt à tout pour le retrouver. Les deux conseillers discutèrent entre eux un certain temps dans une langue étrangère qui ressemblait à du syrien, remercièrent l'avocat d'une enveloppe, lui dirent d'oublier le journaliste et lui souhaitèrent bonne matinée.

Bergas retourna à la villa de Neuilly, tandis qu'à l'ambassade de Syrie commençaient les recherches sur Franklin.

Chapitre 8

J'étais avec le patron du SDEC, prêt à attaquer un ours polaire d'extrême droite qui s'amusait à faire exploser des bombes dans les quartiers populaires quand l'attaque commença. Des migs 747 fonçaient sur nous, nous survolant au ras des pâquerettes. Si près du but, la fin approchait ! Je me réveillai en sursaut. Dans la rue Saint - Do, un car de flics cow-boys faisait hurler sa sirène pour rejoindre la Kronenbourg la plus proche. Il était neuf heures du mat. A cette heure-là faut dire qu'il ne devait y avoir que des marginaux shootés ou des retraités d'Alzheimer pour être encore au lit. Les marginaux c'était peut-être amusant de les faire flipper, les retraités ça leur filerait peut être une crise cardiaque fatale afin qu'ils se retrouvent dans un trou pour boucher celui de la sécu. Evidemment, ça devait aussi réveiller des travailleurs de la nuit dans leur premier sommeil, garçons et filles de cafés, infirmières psychédéliques, immigrés de chez Petit Louis, députés séchant l'assemblée mais comme l'indique l'expression bien française, on ne fait pas d'omelette sans casser des œufs.

Puisqu'il en était ainsi, j'allumai une de mes dernières celtiques, me dirigeai vers la cuisine, faire bouillir de l'eau pour y tremper un sachet de Fortnum & Masson, comme Perry, breakfast tea. Je me sentais un peu vaseux ; pas question de faire le point avant d'être complètement réveillé. Je n'étais malheureusement pas un Marlow capable de boire des litres de bourbon le soir et qui repartait aussi sec le lendemain matin après avoir pris une douche.

Dehors, pour changer, le ciel était si gris qu'il déteignait sur le paysage et le haut de la Tour Effel avait disparu. J'allai chercher les journaux sur la toile tout en me refaisant une tasse de thé. Petit à petit je revenais à la vie. Selon les feuilles de choux, le Volny trucidé y occupait de dix lignes à un quart de rouge impair et manque. Le crime crapuleux ne semblait faire aucun doute dans les grenouillages des griffeurs de canards dont je faisais partie les jours de vache maigre.

Gloussard avait donc décidé de garder une partie de ses déductions pour lui-même. J'allais justement lui téléphoner pour qu'il me rende un petit service quand la sornette de la porte se mit à siffler. J'allumai une de mes dernières celtiques et allai ouvrir après m'être enquis de l'identité de mon visiteur qui se révéla d'abord être une visiteuse et ensuite Karin les yeux comme des valouses et des croissants de chez Millet, meilleur ouvrier de France en 1961. Malgré cela, ses croissants n'étaient jamais rassis. Je refis donc du thé et Karin me raconta une partie de sa nuit.

- C'est payé comment les heures sup de nuit d'après la convention kolkhozienne de la détection privée ?

- Pas d'heures sup dans le métier, justement comme dans les kolkhozes, disponible jour et nuit, samedis et dimanches, fêtes nationales ou internationales, c'est ça le genre privé. T'as fait la nouba toute la nuit, t'as claqué un max et t'es claquée aussi sans violences extra - conjugales et tu voudrais passer ça dans les frais généraux ? A croire que tu crois moi qui ai horreur des croix que je suis l'armée du salut à moi tout seul.

- Bon ça va. D'abord j'ai rien claqué en dehors de mon porte jarretelles et j'ai pas fait la fête, enfin pas seulement. Quand tu es parti, j'étais en train de discuter avec Berkany, c'était pas un wagon - lit mais ce n'était pas non plus une partie de plaisir vu que j'ai jamais donné dans les beaufs flasques et visqueux. Il a commencé à me draguer. J'ai profité qu'une des minettes à minijupe arrive avec son verre de champ pour m'éclipser comme le soleil derrière la lune, pas cool pour la minette mais bon. Me suis dirigée vers Château pour lui faire du charme, il est quand même plus sexy et comme il connaît Bernallier, me suis dit qu'il allait éventuellement m'apprendre quelque chose. Je lui ai demandé si il était au courant du bouquin qu'il devait sortir bientôt.

- Et il était au courant.

- Comment tu le sais ?

- Comme ça, j'avais une chance sur deux de me planter comme un pin finlandais et puis un détective ça doit faire semblant de tout savoir. »

- Ce que tu es bête. Si il n'avait pas été au courant, t'aurais eu l'air fin avec ton affirmation !

- Du tout, dans ce cas j'aurai enchaîné sans passer par la question avec : et oui, logique qu'il n'ait pas été à l'électrogène, tout à fait logique et ça serait passé comme le temps qui passe, une soupe de chez Knorr, ou les huissiers épisodiques. Remarque si ça avait été le cas, t'aurais aucune raison de m'en parler. Je n'ai donc fait qu'une déduction dont la logique 'est surpassée que par le génie.
- Ah c'est malin ! Oui il était au courant mais si tu sais déjà tout, c'est pas la peine que je me fatigue à te le raconter !

- Non, je ne dis plus rien, je serai muet comme une carpe à l'étalage d'un poissonnier, je t'écoute et je fais semblant de n'être au Vétiver de rien, c'est promis. »

- T'aurais pas du café quelque part, tu sais bien que je n'aime pas le thé.

Une tasse de café et un croissant plus tard, Karin reprit son récit.
- Château était à l'Habit Rouge et il n'était pas le seul. Depuis six mois, Bernallier ne parlait que de son bouquin. C'était pas vraiment un roman mais une enquête approfondie sur une secte qui n'est pas une secte mais un paravent pour un groupe d'escrocs qui n'apparaît pas directement dans la secte qui n'est pas vraiment une secte mais qui l'utilise pour filer des pots de vin à des dirigeants de sociétés et des politiques qui deviennent membres de la secte. Tu vois le genre de livre.
Bernallier se vantait d'avoir des tas de pieuvres contre des tas de types qui étaient devenus membres.

Je voyais bien ce que Karin essayait de m'expliquer de façon brumeuse comme un quai de cinéma, ça ne semblait pas être fait pour faciliter mon boulot. Je pensais même savoir de quelle secte il s'agissait : implantée dans le monde entier elle prône que l'amour de son prochain doit passer par l'extermination finale des communistes du monde entier. Une secte bien implantée avec des liens avec certains services secrets. Si Bernallier avait découvert que les gens derrière cette secte appartenaient à un organisme humanitaire du genre Mafia et qu'il avait de vraies preuves, voilà qui pouvait expliquer son enlèvement au bercail. Si de plus il avait découvert que des hommes politiques de tous bords étaient affiliés à cette secte et donc agissaient comme des taupes pas si myopes que ça pour les comptes bancaires d'une organisation criminelle déguisée en groupuscule béatifiant, si de plus ces hommes politiques étaient de premier plan et que Bernallier avait dégotté des documents juteux d'authenticité, si donc on en était vraiment là, il était bien possible qu'à l'heure où nous parlions, notre écrivain ne fut plus qu'un tas de chair et d'os en état de putréfaction, de décomposition, de désintégration ; Plus désagréable, mon enquête risquait de m'entraîner sur une voie de garage similaire.

Après tout, j'avais été engagé en toute discrétion par un vacancier de la morgue, il m'avait versé une avance suffisante et de son nouvel hôtel il serait surprenant qu'il me verse le solde de notre accord. Je le voyais mal interrompre le médecin légiste en plein travail pour venir à mon bureau me dire : « Mon cher Casimir, vous avez fait du beau travail, voici les cinquante mille euros promis et une prime de cinquante mille euros supplémentaires. »

Je n'avais plus de compte à rendre, Bernallier ne faisait pas partie de mes vieux copains et si je voulais continuer à travailler pour des prunes, tout ce que je risquais, c'étaient des pruneaux. Aucune pomme ne se serait sentie assez poire pour ne pas laisser tomber et se considérer en vacances.

Cela méritait réflexion. Je remplis deux verres de martini dry malgré l'heure matinale. Le breuvage aidant, je me disais que je n'avais rien d'un justicier. Il y en a dans notre profession que l'alcool rend courageux, téméraires ou saouls. Surtout dans les polars américains ou les bars des banlieues dortoirs. Ce n'était pas mon cas, l'alcool me rendait plus sage, béat et lymphatique.

je dis à Karin :
- Je crois bien que l'affaire du collier, je veux dire l'affaire Bernallier est terminée pour nous ; ça ne nous aura pas pris trop de temps, on se sera bien amusés et on a de quoi partir en vacances. Je

fonce sur le net, voir le prochain vol pour Goa, Vagador Beach, sa plage de sable brûlant où paissent quelques vaches paisibles, ses cocotiers qui font de l'ombre au soleil radieux, ses bungalows tranquilles où cohabitent mille insectes différents, ses moustiques, crapauds, ses araignées géantes. Vagador et ses petits restaurants aux toits en feuilles de palmier, langoustes grillées et légumes épicés promoteurs des plus inoubliables diarrhées. Vagador et ses autocars surchargés qui tentent de vous écraser à tous les coins des chemins défoncés comme des babas cools égarés.

(on voit que je n'y avais pas remis les pieds depuis longtemps, du charme de Vagador ne reste aujourd'hui que les inoubliables diarrhées

Chapitre 9

- Tu laisses tomber ? Alors que ce pauvre Volny t'a déjà refilé cinquante mille euros ! C'est pas sympa, en plus c'est amusant comme enquête.

Jusqu'à présent, c'est vrai que ça ne nous avait pas demandé un travail dément ; enfin c'est sûr que ça n'avait pas été trop dur pour Karin. Juste une soirée bien arrosée avec des gens plus ou moins bien élevés. Krisnamurti m'en sera témoin ; Pour moi ça avait quand même été une autre paire de manches, même si je ne savais pas où était passé la première et même si je m'étais démené comme la seconde. Déjà deux nuits blanches et pas le moindre indice. En plus il y avait les flics et je risquais de les croiser en continuant mon enquête et possible que ça ne leur plaise pas énormément.

- Bah, c'est comme la loterie, disons qu'on a fait une bonne affaire, mais ça servirait à quoi de continuer. On devait rendre compte uniquement à Volny et l'affaire je pense ne l'intéresse plus vraiment. Il doit avoir des affaires plus importantes à régler à l'heure qu'il est, que ce soit dans les nuages ou dans un chaudron de poix bouillante.

Je ne laissai pas à Karin le temps de répliquer, pris un peu de monnaie qui traînait et m'en allai chercher un paquet de gauloises pour changer de mes dernières celtiques. Dehors il pleuvait, ce qui ne changeait guère et la pluie était glaciale. Je me dirigeai vers le café qui fait le coin entre Saint - Do et Latour Maubourg. C'est en passant devant la rue de la Comète qu'on a essayé de me descendre.
Je marchais tranquillement en rêvant au soleil de Goa quand la balle m'atteignit. J'ai cru à un gravier lancé contre ma jambe droite, puis j'ai entendu une grosse explosion, un peu comme une détonation et une voiture qui était en double file a démarré en trombe.

Sur le moment je n'ai pas tout compris, puis un clic dans mon cerveau m'a donné une grande claque. Je suis devenu tout blanc avec quelques nuances de verdâtre. J'ai ramassé le gravier qui m'avait heurté et c'était pas un gravier. Il y avait aussi du sang, ma jambe faisait mal et mon pantalon n'était plus présentable. Le projectile ne m'avait frappé que par hasard qui n'existe pas, si l'on peut dire. L'assassin potentiel qui n'en était peut-être pas à son premier méfait avait mal visé et la balle avait ricoché sur un lampadaire avant de revenir sur moi. Les balles aiment les privés, elle aurait tout aussi bien aller se perdre ailleurs.

La voiture ne demanda pas son reste et grilla le feu de Latour Maubourg. Au loin, pas si loin que ça, d'autres automobilistes avertissaient avec rage ; J'ai pris mes cliques et mes claques et me suis traîné jusqu'au café tabac. Je n'avais pas vraiment prêté attention à la voiture et il était clair que je serai incapable de la reconnaître. Un peu abasourdi je suis rentré dans le tabac. Ma jambe ne me faisait pas vraiment mal. J'ai pris mon paquet de gauloises et je me suis mis au zinc avec un double martini dry. Une fois cet ersatz de lampuro avalé j'en commandai un second.

Dans le genre nouveauté surprise, celle-là était de taille. On avait essayé de me descendre ! Je me demandais ce que j'avais bien pu faire pour ça. J'avais pas mal de petits ennemis, un peu comme n'importe qui mais jusqu'à présent aucun n'avait essayé de me flinguer. De là à supposer un quelconque rapport avec l'affaire que je venais de laisser tomber, il n'y avait qu'un pas assez étroit que je franchis allègrement. Qu'avais-je pu apprendre ou découvrir ces deux derniers jours qui valait aussi cher que ma vie ? Qu'avais-je pu apprendre ou découvrir et qui m'avait échappé ? Une chose devenait certaine, Bernallier n'avait pas fait une simple fugue. Soit il se terrait quelque part, soit il était déjà enterré ou pire encore. Avec un peu de veine, il s'était simplement fait enlever. Le manuscrit qu'il devait remettre à Volny devait y avoir sa raison d'être ou de paraître.

Quelqu'un ne tenait pas à ce que je retrouve l'écrivain ou son manuscrit, peut-être les deux. Cette personne employait des moyens extrémistes que je trouvai hautement répréhensibles. Cela étant, ça me faisait une belle jambe. Il pouvait s'agir de n'importe quel personnage du bouquin et comme je ne l'avais pas lu, faute d'en avoir une copie, ça pouvait être n'importe qui. Ce margoulin inconnu risquait de prendre goût à me prendre pour un pigeon d'argile ce qui n'était pas vraiment rassurant.

Je vis au loin s'envoler l'avion de Goa Airlines, qui malheureusement risque d'exister genre charter un de ces jours. Il manquait un passager à bord. Goa et ses gurus illuminés comme des sapins de Noël, ses mendiants pas si affamés que ça, ses policiers corrompus, ses plages couvertes de bouses de vaches, Goa s'éclipsait comme un soleil imaginaire le long d'une fondue déchaînée qui me ramenait à Paris et à la disparition de Bernallier.

Retrouver le camarade écrivain et son foutu manuscrit me semblait être une des éventuelles possibilités pour ne pas finir en cendres dans les jours à venir dans le crématorium où j'avais depuis longtemps décidé de passer dans l'avenir le plus lointain possible ma dernière nuit sur terre. Passer à l'état de cadavre n'est pas gênant tant qu'il s'agit d'un projet d'avenir.

J'allumai une de mes premières gauloises, lorgnai à travers mes lunettes et les vitres du bistringue si une tire à l'aspect pas religieux m'attendait de nouveau en double file le long du boulevard.

Il y en avait une. L'homme invisible à l'intérieur. J'allais relever son identification astrologique quand un gonze à tête de bonze dominical sortit du troquet, une cartouche de Royales sous le bras, pris place dans la limousine et décarra à grands cris désespérés de crissements de pneus.

Pas de doute je devenais parano. On me tirait dessus, et je voyais dans toutes les honnêtes gens, si ça existe, des assassins potentiels, prêts pour une potence qui heureusement n'exerce plus que très rarement et encore uniquement en privé pour des vidéos interdites au grand public. Je sortis du gasthaus et me dirigeai vers mon bureau en essayant de ne pas courir et de respirer presque normalement. Les commerçants et principalement le charcutier, ancien collabo et champion du marché noir, avec qui j'étais en mauvais termes sans lui devoir de loyer me fixaient étrangement.

Au bureau Karin était pendue au téléphone, mais rien de grave, une malboro de cow girl cancéreuse entre les dents et un large scotch dans la paluche droite. Suffisait que je disparaisse quelques minutes et les boissons les plus infâmes faisaient leur apparition. Un drink de plus ou de moins ne pouvant plus me faire de mal, je me servis un dry martini en attendant qu'elle raccroche.

- Et bien, qu'elle est notre prochaine manœuvre dans l'affaire Bernallier ? »

Karin me fixa avec ses beaux yeux bleus shootés de merlan frit.

- Je croyais qu'on avait laissé tomber !

- Ca c'était avant ; j'ai eu des remords terribles une fois dans la rue. Dieu, cette foutue balance m'est apparu avec un 36 magnum ou quelque chose de ressemblant. Il m'a dit : Casimir, je viens de voir passer Volny, il avait l'air bien triste. Il avait grande confiance en toi. Ne laisse pas cette affaire en plan, n'oublies pas qu'un jour prochain nous devrons en reparler ensemble comme de toutes les actions foireuses de ta vie.

Ensuite j'ai expliqué à Karin quelques petits points accessoires qui m'encourageaient à suivre la voie que me dictait le tout puissant qui n'était pas si miséricordieux que ça.

Maintenant que j'étais manipulé dans cette affaire malgré moi, je ne tenais pas à me retrouver ad patres prématurément et c'est bien ce qui risquait d'arriver si je ne mettais pas rapidement la main sur Bernallier ou ce qu'il en restait. Je pris mon téléphone et fit le numéro de cirque du commissaire Gloussard.

Chapitre10

Durant ce temps, au vingt de la rue Vanneau, polytechnicien et insurgé, à quelques mètres de l'appartement de Bernallier, dans les locaux de l'ambassade de Syrie, une machine s'était mise en branle.

Des questions avaient été posées à des fonctionnaires véreux ou crédules de la DST, de la DCRG, du PMU. Des gens qui sans vouloir vous faire peur, ressemblent peut être à vos voisins de palier, lisent le Monde ou le Parisien Libéré, l'Humanité, que sais - je, Tiercé magasine ou l'Echo des Savates. Des gens travaillant pour l'ambassade de Syrie. Et ces individus avaient cherché dans leurs fichiers, fait tourner des ordinateurs tout comme Victor Hugo et la Grande Irma faisaient tourner les tables. Ils avaient eux aussi passé des coups de fils sans blesser personne (mais d'autres, allez savoir !) Des commerçants de la rue Saint - Do, des journalistes, une concierge qui regrettait le temps des collabos, avaient répondu à des questions si badines, qu'ils s'en étaient tout juste aperçus et en dehors de la concierge, ne s'en souvenaient déjà plus.

On savait maintenant à l'Ambassade que Franklin n'avait possiblement jamais rencontré Bernallier mais que par contre et surcontre il avait discuté avec son éditeur la veille et que depuis ce dernier faisait le mort et tenait très bien le rôle. Une décision avait même été prise : enlever Franklin, le faire parler autant que possible puis le suriner et le balancer dans la Seine (moi qui pourtant ai toujours haï les balances). C'est vrai que j'ai eu des petites amies balances, mais il ne s'agissait là que d'un signe sans conséquences.

L'exécution de Franklin devait se faire rapidement et proprement. Et dire que je n'étais même pas au courant !

Chapitre 11

La rue Jean Mermoz doit son nom, bien entendu à un aviateur, mais pour une fois il y avait là une raison valable. En effet, il y entretenait ses bureaux du temps où elle s'appelait encore rue Montaigne. Située non loin des Champs Elysées, ses quelques cafés tenus par des bougnats sont envahis à l'heure du déjeuner par des employés de bureau. Le matin et l'après-midi, les mêmes viennent y boire un café ou un demi. Le samedi, la clientèle change, ce sont des vieux messieurs qui phagocytent ces lieux de façon poliorcétique, devenus pour un jour l'annexe du marché aux timbres qui va de Matignon à Marigny. Vers le milieu de la rue Jean Mermoz, on croise toujours quelques gendarmes, coincés entre un café et un restaurant d'ailleurs excellent, « Le Petit Montmorency » mais qui hélas a fermé depuis que j'ai commencé à écrire cette histoire. Ces gendarmes gardent l'entrée de la rue Rabelais à laquelle feu le restaurant donnait un air pantagruélique. Ils gardent l'entrée de la rue, sa sortie aussi car en son beau milieu qui n'est d'ailleurs pas très beau, se trouve l'Ambassade d'Israël. En face de l'ambassade, un immeuble qui m'aurait paru identique aux autres, quoi qu'avec une architecture digne des pires cauchemars

roumains. C'était dans cet immeuble qu'habitait il n'y a pas très longtemps encore Constantin Volny, directeur maintenant honorifique des Editions Z4.

Pas d'ascenseur, je montai les escaliers deux à deux et entrai sans frapper qui que ce soit, pas même la moindre porte. Je savais le locataire absent pour cause d'absence infinie, fantôme excepté. Le hall d'entrée était vaste et blanc. Il donnait sur une salle de séjour ensoleillée qui surprenait par son mobilier sobre et moderne. Sur les murs, des tableaux d'André Verdet et des dessins de Nadine Vivier. Yves Klein ainsi que sa femme et des collages de Prévert. Sur des tables basses César et Armand faisaient comme toujours bon ménage. Enfin, c'est ce que mon imagination percevait, car sur les murs aucun tableau et les tables basses étaient renversées. Sur les murs on ne voyait par endroit que des traces un peu plus claires que le reste, là où avaient dû se trouver les tableaux qui depuis s'étaient envolés sans même que des ailes aient poussé sur leurs cadres. Quant aux tables basses non seulement elles étaient renversées mais de plus, elles étaient brisées. Il ne restait qu'un seul tableau, au-dessus d'une cheminée en verre fumé, un Nall qui n'avait pas du plaire aux cambrioleurs.

Gloussard m'attendait confortablement installé, dans la mesure du possible dans une chaise dessinée par Le Corbusier. Il se leva à mon approche et comme disait Malet, nous échangeâmes des microbes palmaires. Je le remerciai d'avoir accepté ce rendez - vous.

- Comme Volny m'avait chargé d'une enquête mais sans guère me donner de détails, je me suis dit que peut être chez lui, il y aurait des éléments qui pourraient m'aider.

- Vous avez raison, il ne faut rien négliger mais je peux vous dire que nous sommes déjà sur une piste assez sérieuse. Des trafiquants d'œuvres d'art qui essaiment dans Paris depuis quelque temps. On a un mal fou à les coincer, nous sommes persuadés qu'ils ont des appuis haut placés, des propriétaires de galeries, des hommes politiques, des magistrats, qui sait ! Possible que Volny connaissait certains d'entre eux. Peut-être qu'il ignorait leurs activités, peut-être pas. Ca expliquerait en tout cas que l'on ait retrouvé son corps derrière son bureau et qu'il ne se soit pas méfié.

Des hommes politiques, des magistrats, des gens influents et des crimes qui s'étouffent. Il manquait juste un zeste de secte et un doigt de mafiosi pour être plongé au cœur d'un roman à la Bernallier. Mais si cette foutue secte existait vraiment et si Volny en faisait partie, ça expliquerait beaucoup de choses, entre autres l'avance astronomique qu'il m'avait faite et pourquoi il tenait tant à mettre la main sur le manuscrit. Peut-être que d'autres ne l'avaient pas cru quand il leur avait raconté qu'il n'était pas en sa possession, peut être que ça ne leur avait pas plu et peut être qu'ils l'avaient descendu. Peut-être ou pas peut être là était peut-être la question sans vouloir évoquer de quelconques tortures.

Les papiers de Volny étaient éparpillés par terre alors qu'il ne s'agissait que de moquette. Il y en avait tout autour de son bureau comme des fleurs semées mais qui ne pousseraient jamais. Des feuilles, mais dactylographiées pour la plupart. Impossible de savoir s'il en manquait et c'était de peu d'importance. Le foutu manuscrit n'y était pas. Quelqu'un le recherchait toujours, le type qui avait tenté de m'occire et qui avait dessoudé le directeur littéraire.

Voilà qui commençait à sérier le nombre de suspects. Il y a cinq minutes, j'en avais un nombre infini et maintenant il n'en restait que quelques centaines, les gens que Volny pouvait avoir connu. De par ses activités ils étaient nombreux, autant de gens qu'il aurait laissé approcher sans méfiance.

Je fis semblant de fureter comme un bon furet à droite et à gauche mais mon esprit si j'en avais un était ailleurs. Je ne savais par quel bout continuer. Peut-être rendre visite à Château, il aurait peut-être des choses à m'apprendre sur Bernallier et connaissait certainement Volny.

- Non Gloussard, il n'y a rien ici qui ne m'éclaire, bien qu'incroyant, je crois que je vous ai fait perdre votre temps.

Le commissaire me regardait en souriant.

- Bah, le contraire m'aurait étonné, je ne vois pas pourquoi on aurait réglé son compte à ce type pour le vol d'un quelconque écrit. Des écrits, il y en a plein les librairies. Ca me semblait un peu tiré par les cheveux. Mais dites, vous allez continuer votre enquête pour les Editions Z4 ?

- Je ne crois pas, c'était Volny qui m'avait embauché, à titre personnel alors maintenant...

Je quittai Gloussard et le commissaire qui en fait ne faisaient qu'un et l'heure du déjeuner passant par-là, je me dirigeai vers la rue du Colisée me restaurer chez Mélanie. Cette Mélanie n'existe plus hélas. Elle était située dans un vieil immeuble au troisième sans ascenseur. Même les gens du quartier ignoraient son existence alors qu'elle s'était installée là durant plus de vingt ans. L'immeuble est assez sordide pour ce coin de Paris, l'escalier sombre et étroit.

Mélanie était unique dans le huitième où à part d'un sandwich et un demi, il était impossible de se sustenter à moins de dix euros. Il n'y avait qu'un menu du jour, mais copieux et à cinq euros, quart de vin compris.

Ce sont des gens du cirque qui atterrirent là un beau jour et faillirent ne jamais repartir. Une petite salle au-dessus d'une loge de concierge fréquentée par des habitués, maçons, peintres en bâtiment et quelques rares vestons cravates. Je commandai une salade niçoise suivie d'une entrecôte avec supplément modique. Une fois mon repas avalé, je décidai de tenter ma chance dans les douves de Château. Il travaillait pour le JT de vingt heures et j'avais donc quelques chances de le trouver chez lui.

Chapitre 12

Dans le bureau de la rue Saint - Do, Karin avait enfilé un cardigan made in Ireland, un de ces trucs couleur crème, en laine avec des boutons par devant car le chauffage était en panne de facture et pour un été, ainsi qu'écrit précédemment, on se serait cru en hiver. Elle relisait tranquillement La Dame du Lac quand on sonna à la porte.

Il arrivait assez souvent lorsque Karin était seule au bureau qu'un quidam sonna à la porte.

Quand il ne s'agissait pas de représentants en gadgets inutiles, c'étaient des étudiants apportant des thèses sur la dialectique masochiste de Heidegger ou autres banalités. Pour ça, les petites annonces de libé avaient du bon, il y avait toujours des potagistes un peu paumés pour répondre. Karin désoreilla les écouteurs qui la reliait à Tom Novembre et se leva pour accueillir le visiteur. Manque de pot, il avait un bas sur la figure, des lunettes noires et un feutre mou. Rien que de bien banal, mais il avait aussi dans sa main droite un tchouri que certains auraient trouvé élégant, tant il était mince et effilé.

Chapitre 13

Château logeait rue Charcot, un duplex de sa fabrication dans un immeuble ancien en cours de restauration. De son appart, on apercevait la pointe de Notre Dame de la Gare, place Jeanne d'Arc sur laquelle j'ai écrit un livre passionnant mais hélas épuisé.

Pour m'y rendre, j'enfourchai ma vaillante quatre sans quatre et pris les Champs Elysées, la Concorde, les quais et le Pont de Tolbiac. J'ai tout rendu depuis, uniquement par civisme désintéressé. Je trouvai à me garer à deux douves de chez Château, juste devant chez Grégoire et Isabelle qui n'ont rien à voir avec cette histoire. Je passai cependant leur dire bonjour et m'en fus sonner à la porte de mon chroniqueur. Il était bel et bien là, occupé à inventer les nouvelles du soir. Sur son bureau étaient empilés le génocide arménien, le cadavre de Sadam Hussein, celui de Michel Serrault, un train qui venait de dérailler en Amérique du Sud, un morceau d'Irak et toujours le même raton laveur.

Il m'offrit un dry martini, se servit de même et nous parlâmes de choses et d'autres, dans le fatras des mots, du temps, des élections, des étoiles et du néant. Ensuite je lui demandai son opinion sur les gens qui se trouvaient chez Berkany la nuit précédente. Ma question le déconcerta un peu mais sans vraiment le décoiffer.

- Tu fais une enquête pour la police des mœurs ou pour les renseignements généraux ?

- Ni l'un ni l'autre, je suis simplement à la recherche de Bernallier.
- Mais quel rapport, pourquoi veux-tu que les gens qui étaient là cette nuit aient quelque chose à voir avec la disparition de Bernallier ?

- Parce que ce matin on a essayé de me buter.

- On a essayé de te... ! C'est une blague !

Je lui racontai les évènements tels qu'ils s'étaient passés. Il avait du mal à imaginer que je ne lui montais pas un char de chez Dassault ou autre fabriquant mais je finis par le convaincre et il me regarda pensivement.

- Mais n'importe qui aurait pu te tirer dessus, si quelqu'un veut récupérer ce manuscrit, ça peut être n'importe qui, pourvu que son nom soit cité dedans et qu'il trouve cela dérangeant.

- Je n'ai parlé à personne de l'enquête qu'on m'a confiée. Le seul au courant, c'était Volny et il est mort. Il n'a pas eu le temps et n'aurait de toute façon pas voulu en parler à qui que ce soit. Il avait bien un reçu PMU de l'agence mais qui n'indiquait pas pourquoi j'avais été engagé. De toute façon, le reçu était dans son portefeuille qui n'a apparemment pas été fouillé. Ce que cherchait son assassin était trop volumineux pour se trouver dans un larfeuille. Non personne n'a pu être mis au Champagne par Volny ; il a trop insisté sur le côté confidentiel de l'enquête, ce qui s'explique d'autant mieux si lui-même était mis en cause par Bernallier. C'est hier soir que quelqu'un a appris que j'enquêtais pour le compte de Volny et cet individu qui avait mis fin aux activités du directeur littéraire a décidé qu'il serait de bon ton que je le rejoigne.

- Mais si tu n'as parlé à personne durant la nuit, c'est d'un assassin médium que tu me parles !
- C'est ça le hic ; souviens toi, j'ai parlé de Bernallier en disant que j'allais faire un article sur lui, rien qui n'aurait dû en principe éveiller de soupçons. D'un autre côté, Karin, ma secrétaire est restée bien plus longtemps que moi avec vous autres bonnes gens alors que champagne scotch et martini dry coulaient à profusion. Elle aussi a posé quelques questions sur Bernallier ; Rien de bien méchant ou corrosif, mais si elle a piqué la curiosité de notre meurtrier, alors lui aussi a pu poser quelques questions, toutes aussi inoffensives, du genre de celles qu'on oublie aussitôt.

- C'est vrai que nous connaissions tous Bernallier, à part peut-être les reality show girls et encore ! Elles sont confinées à longueur de soirées à la télé et c'est un milieu qu'il fréquente ou éventuellement fréquentait.

- Bon, et bien commençons par Bergas, c'est le plus brumeux et embrumé de tous !

Une heure et quelques dry martini plus tard, j'en savais déjà beaucoup plus sur mes assassins pour l'instant potentiels. Bergas fréquentait les milieux d'extrême droite mais défendait des terroristes d'extrême gauche. Parfois c'était l'inverse, il fréquentait des milieux d'extrême gauche et tentait de faire acquitter des pourris d'extrême droite, anciens nazis et tutti quanti. Bergas me semblait le cliché type du pro - palestinien anti Manhattan mais peut-être était - il juste le contraire. Un suspect parfait.

Lapérousse était spécialisé dans la construction de résidences moyennes pour cadres moyens et épiciers en retraite. Il ciblait les villes de la région parisienne à la population vieillissante. Les personnes âgées pas trop argentées habitent assez souvent des immeubles qui vieillissent encore plus vite qu'eux. Il les faisait expulser, la France ayant encore de beaux hospices devant elle et certains élus n'ayant rien contre les pots de vin discrets.

Il faisait raser les vieux immeubles et en construisait de nouveaux, encore plus laids. C'était lui aussi un suspect de choix.

Berkany était aussi riche que discret sur ses affaires qui ne semblaient pas mauvaises. On savait quand même qu'il spéculait sur les métaux, possédait une chaîne de cinémas en France, une grosse boîte d'intérim aux States, une compagnie d'aviation au Paraguay, d'autres intérêts un peu fumeux en Amérique du Sud qui tenaient bien la route ou le rail. Un type méthodique qui marchait sur la main des autres avec des chaussures cloutées sans aucun état d'âme. C'était un troisième suspect aussi valable que les deux premiers.

Le jeune député du Jura, c'était la première fois que Château le voyait, un copain de Lapérousse, de passage à Paris pour un meeting du front machin truc. Ses dents étaient longues et aiguisées et ses convictions droitières si le vent était favorable pouvaient l'emmener vers les extrêmes sans faire chalouper sa barque.

Et de quatre !

Aucun de ces personnages ne me semblait vraiment recommandable et chacun aurait pu faire partie de ce groupe des cents. Aucun n'avait pour un rond de moral et chacun aurait pu avoir la tentation de mettre la main sur le manuscrit de Bernallier.   Le député jurassien était le seul à ne pas vraiment faire partie de ce groupe de personnes qui semblait se connaître depuis longtemps, mais son copain Lapérousse avait fort bien pu lui parler des écrits de notre écrivain et leur récupération pouvait être le mobile de sa descente à Paris.

- Mais Bruno, qu'est-ce que tu fricotes avec des lascars pareils ? »

Il m'adressa un grand sourire.

- T'es journaliste aussi à tes moments perdus non ? J'ai pas mal de relations avec des types de cet acabit, qui s'approchent, ne serait-ce qu'un peu du pouvoir. Ça me permet d'apprendre pas mal de choses et puis des fois, il y en a un qui s'échappe, qui devient connu, alors je peux lui rappeler qu'on est de vieux copains si j'ai besoin d'une interview ou de contacter un autre type connu dont il est devenu proche. Simple travail de relations publiques qui ne coûte pas cher et peux rapporter encore davantage.
De l'autre côté, tous ces types ils se disent que ça être utile un jour de connaître quelqu'un comme moi qui passe tous les soirs à la télé. Tu vois, tout le monde s'y retrouve.

C'est vrai que Château connaissait des millions de personnes, mais qu'est-ce que ça devait lui bouffer comme temps ! En conclusion, devant un dernier dry martini et en fumant chacun une de mes dernières celtiques, nous parlâmes du temps. On ne le dira jamais assez, l'été était vraiment pourri. Je pris congé vers les seize heures. Je n'avais pas beaucoup d'idées sur la suite des éléments, enlèvements, évènements. Je décidai de rentrer chez moi me remettre le cerveau dans le crâne en écoutant Finlandia.

Chapitre 14

Ils m'attendaient en bas de l'immeuble ; rentrer chez moi semblait compromis. Deux types tout à fait comme il faut, sauf pour le revolver. Des gens comme il faut ne braquent pas un privé dans la rue en fin d'après - midi avec un crachoir. C'est très mal élevé.

Ils avaient l'air étrangers mais je n'aurai pu dire s'ils venaient de Turquie, du Kuweit ou d'Afghanistan. Ils avaient un sacré accent mais en dehors de ça, leur français était parfait, enfin le peu que j'en ai entendu.

- Voulez-vous bien nous suivre s'il vous plait.

Qu'est-ce que je pouvais bien faire ? Ça m'aurait plu de vous voir à ma place ! Oui ça m'aurait vraiment plu, comme ça je n'aurai pas eu à y être. Mais bon, c'était ma place, pas la vôtre. Je leur ai quand même demandé s'ils ne se trompaient pas, si c'était vraiment à moi qu'ils s'adressaient.

- Notre voiture est juste là, si vous voulez bien nous suivre.

Ils avaient l'air courtois et tout mais ne semblaient pas vouloir qu'on cause ensemble, dommage, moi qui suis d'un naturel bavard.

Ils me disaient ce qu'ils voulaient que je fasse et là s'arrêtait le dialogue. Je n'avais pas vraiment le choix alors je suis monté dans leur caisse. Celui qui avait le soufflant s'est assis à l'arrière à côté de moi tandis que l'autre se mettait au volant. C'était sans doute une très belle Mercedes mais sur le moment je la trouvai affreusement sinistre. On a pris la rue de Tolbiac en direction de la Seine.

Celle - ci traversée on s'est enfoncé dans ce qui restait des entrepôts de Bercy. Après avoir traversé le Cours Saint - Emilion dont le nom enchanteur en d'autres circonstances m'aurait fait rêver, on s'est arrêtés avenue des Terroirs de France. Certains jours je ne me sens pas très courageux et je commençais à flipper sérieusement.

Un dry martini m'aurait fait le plus grand bien. Vus les lieux, un grand verre de Pommard aurait été acceptable.

Nous sommes entrés dans une espèce d'entrepôt délabré rempli de pièces de manèges forains disparates. Des quarts de carrousels, des chevaux en bois aux pattes cassées, des automates fracassés. Je marchais devant. La pièce était vaste, sombre et sentait le moisi. Je me suis retourné pour demander quelque chose, peut être un avocat, mais on avait fini de rigoler. La crosse du flingue percuta ma mâchoire. Je n'étais pas encore à terre qu'ils m'attrapèrent au vol et commencèrent à me travailler les côtelettes avec leurs poings américains. Je me suis affalé. J'ai senti vaguement qu'on me coltigeait à nouveau et ce fut le noir absolu.

Ce sont les coups de pieds qui m'ont réveillé. Je n'avais pas dû m'évanouir plus de quelques minutes. J'avais un goût salé dans la bouche et une prémolaire qui s'apprêtait à prendre la tangente. Une machine à essorer n'aurait pu m'amocher plus et je me sentais lessivé. Un des deux monstres a allumé un clope, les questions ont commencé à fuser et fusionner.

D'abord ce n'était pas une erreur, c'était bien après moi qu'ils en avaient. De plus ces salopards étaient des professionnels dans leur spécialité. Tu commences par cogner et tu poses les questions après. Sûr que ça fait gagner du temps. Bande de fumiers !

Première question :
- Ou est Bernallier ?

Ça tombait mal, j'avais pas la réponse.
- Mais j'en sais rien où il est Bernallier !

Première gaffe, j'aurais dû jouer la surprise, demander qui c'était, jouer les ahuris, ce qui ne m'a jamais été trop difficile. Là, ma réponse impliquait que je le connaissais et c'était pas très bon, pas bon du tout, exécrable pour tout dire alors que je ne voulais rien dire. Le tabassage a repris. Systématiquement méthodique. A nouveau on m'a demandé où était Bernallier, tabassage. Qu'est-ce que je savais de Bernallier, tabassage. Pour qui est ce que je travaillais, tabassage. Où est Bernallier, tabassage. C'était d'un monotone ! Je ne m'étais pas défendu jusqu'à présent et j'étais sacrément en mauvais état. C'est ce qui m'a sauvé. C'étaient peut être des pros, mais ils étaient un peu trop sûrs d'eux. Le flingue était posé à quatre ou cinq mètres de l'endroit où l'on m'interrogeait à coup de pralines. Je l'avais remarqué et j'attendais la gueule en sang une opportunité. A défaut de martini dry, il ne me restait pas beaucoup de punch, mais j'avais peur et la frousse, surtout quand on est en colère ça déculpe les forces. Les questions pleuvaient et les coups aussi.

J'adore les camions ! Celui qui a freiné brutalement à l'extérieur a été ma planche de salut. Les deux vampires discutaient entre eux de la suite des festivités quand on l'a entendu crisser des pneus. De plus il devait être mal arrimé et ça a fait un certain ramdam. Les tortionnaires ont regardé, pas plus d'une demi - seconde en direction du raffut mais c'était déjà trop. J'ai bondi, mû par un ressort qui s'appelle la trouille et j'ai atteint le revolver au moment où l'un des deux monstres allait me balancer un pliant.

J'ai appuyé sur la détente, une fois, deux fois. Le bruit était assourdissant. J'ai continué à me divertir jusqu'à ce qu'il n'y ait plus de balles. De mes deux copains, il ne restait pas grand-chose non plus. Celui qui avait voulu m'épingler avec son surin n'avait plus de visage. Malgré ses manières grossières, il avait dû avoir pas mal de cervelle, vu qu'il y en avait partout, ça donnait un peu de couleurs aux murs et au sol en béton. Dire que ça les égayait serait exagéré. Quant à l'autre crétin, il remuait encore ce qui n'était pas très normal, ses intestins n'étant plus dans son bide. Il tentait de les retenir avec ses mains ce qui me sembla vain au pays du vin. Sur ce, je me rendis compte que je ne me sentais pas bien du tout. L'odeur était putride dans cet entrepôt. Je suis sorti en clopinant.

Bercy était désert. Heureusement car ce n'est qu'au bout d'une centaine de mètres que je me suis rendu compte que j'avais toujours le pétard à la main. C'était un Beretta sans numéro de série. Je l'ai essuyé et balancé dans une bouche d'égout et des couleurs.

Ça ne me semblait pas très prudent de choper un tacos dans le coin, je n'étais pas très présentable et une fois les macchabs découverts, le camionneur même si il n'était pas comptable, aurait pu faire le rapprochement.

Ma caisse n'était pas si loin et je décidai de la rejoindre à pinces. Ce qui me fit changer d'idée, ce fut un type à vélo rue de Dijon ; Il s'est arrêté devant un tabac et sans s'inquiéter d'attacher son engin de locomotion avec un antivol quelconque il s'est mis dans la queue des gens qui attendaient. Si c'était pour jouer au loto, sûr et certain qu'il allait gagner le gros lot. J'ai attendu qu'il se retrouve au milieu de la file et de façon très malhonnête j'ai enfourché le vélocipède. Je venais de trucider deux alloufs et je n'étais pas à un minable larcin près. Lacenaire m'aurait compris.

C'était un cycle Lejeune de très bonne qualité, avec treize vitesses à la douzaine. Il ne me fallut qu'une dizaine de minutes pour arriver rue Charcot. Ma tire était là, peinarde, une contredanse en prime. Je me serais bien offert un dry martini dans un café - bar mais ma tenue aurait fait tiquer et jaser.

Je regardai ma montre et fus surpris. Il n'était que dix-neuf heures. Le détour par Bercy n'avait duré que trois heures.

chapitre 15

Il y avait de la confiture de trafique et il me fallut plus d'une plombe pour rejoindre la rue Saint - Do. Je trouvai une place libre sur le bateau ivre juste en bas de chez moi. La platine tourne disque était en place et c'était bien la seule chose qui l'était. L'ampli avait été arraché et le tuner aussi. Les disques et les cd éparpillés sur le sol, le matelas éventré, les vêtements décintrés, le bureau fracassé, la vaisselle brisée et tout ça rassemblé faisait très désordonné. Je me servis enfin un triple dry martini puis je descendis au bureau.

Pour être ficelée, Karin l'était. Avec du fil métallique ce qui n'est pas le plus facile pour se dégager. Ca fait des entailles dans la peau et la chair quand on remue un peu trop. Je ne l'ai pas aperçue de suite, elle était dans un coin de la pièce et se cachait derrière un rideau, la coquine. Je ne l'ai pas entendue non plus, ce qui indique l'utilité des baillons.

Une fois la porte ouverte, je fus accueilli par la même dévastation sauvage que dans mon appartement. Dossiers éparpillés et tiroirs renversés. Mais ce n'était pas du boulot de pro. Travail d'amateur, aucun esprit de rigueur, rien de méticuleux, de cathodique et de méthodique dans tout ça. Enfin, celui ou ceux qui étaient venus n'avaient certainement pas trouvé ce qu'ils cherchaient, rapport au fait que je ne l'avais jamais possédé.

Une fois Karin découverte, mais avec pudeur, je la désentravai et la débâillonnai. Nous nous servîmes un D .M, histoire de se remettre et la rencontre entre ma secrétaire et l'homme au visage couvert d'un bas, lunettes fumées et feutre mou me fut contée. Je n'appris pas grand-chose, quoi que...

Il avait braqué Karin avec un surin, sans un mot et l'avait retournée comme une crêpe bretonne des alentours de Montparnasse. Ensuite, elle ne se souvenait plus de rien, jusqu'au moment où elle s'était réveillée saucissonnée et dans l'incapacité de crier. Une jolie bosse garnissait le sommet de son crâne. De son côté elle me demanda de quelle nouba je revenais pour être aussi délabré et je lui racontai ma fin d'après - midi, passant sous silence l'état dans lequel j'avais laissé les deux compères.

Nous remontâmes tous deux dans ce qu'il restait de ma salle de bains, faire un brin de toilette et de mercure au chrome.

Le nombre de suspects commençait à baisser, tout au moins en ce qui concernait l'assassinat de Volny. Il nous fallut un certain temps pour remettre le bureau et l'appart dans un semblant d'ordre. Karin fulminait car les CD - RW high speed de l'ordi avaient disparus. Son disque dur aussi.

J'étais sur le point de rendre visite à tous les gens présents chez Berkany la nuit dernière quand on sonna à la porte.

Chapitre 16

Rue Vanneau, à l'ambassade de Syrie régnait une effervescence certaine. Peu après mon départ précipité de Bercy, le deuxième sous - secrétaire aux affaires culturelles était passé à l'entrepôt se rendre compte du bon et honnête déroulement de mon interrogatoire. Il ne s'attendait pas au spectacle qui l'attendait mais c'était un homme efficace.

Une fois persuadé que tout s'était passé dans le calme si l'on peut dire, j'entends par là que personne n'avait entendu les détonations et qu'il n'y avait donc aucune raison pour l'arrivée intempestive de méharistes, il avait tubé à l'ambassade avec son Nokia. Un camion était venu avec diligence et hommes de ménage à défaut de chevaux. Hommes de ménage d'un genre un peu particulier mais qui connaissaient bien leur taf. L'entrepôt était désormais le plus propre du douzième arrondissement. Les deux rastaquouères précédemment occis rentreraient chez eux par la valise diplomatique et leurs familles termineraient leur vie en prison sans véritable raison, sinon celle de maintenir une certaine réputation. Une dictature c'est une dictature et basta ;

Rue Vanneau la tension était à couper à l'opinel. Le deuxième sous - secrétaire était dans son bureau et son visage était teinté d'une pâleur très parisienne, propre à ce que l'on peut appeler un été pourri. Il avait rendu compte par mail codé, directement à Damas et la réponse ne s'était pas fait attendre. Il était sèchement prié de prendre le premier avion en partance de la Syrian Airlines et des gouttes de sueur perlaient sur son front.

La disparition de Bernallier l'avait déjà profondément discrédité auprès de son ministère, qui soit dit en passant, n'avait rien à voir avec celui de la culture. Les derniers évènements risquaient d'avoir des conséquences fâcheuse pour sa carrière de pourri qui risquait de se terminer au fond d'une carrière. Il y avait de quoi péter les plombs. En face de lui, pas franchement plus frais, Maître Bergas essayait sans conviction de le réconforter, heureux quand à lui d'être peut être français, en tout cas pas syrien pour un cent. Il se demandait qui serait le prochain sous - secrétaire et espérait que dans cette foutue histoire il ne s'était pas trop grillé. Cette affaire Bernallier ne se passait vraiment pas comme prévu.

CHAPITRE 17

Karin et moi, nous nous regardâmes une bonne dizaine de secondes. On pouvait s'attendre à trouver n'importe qui derrière la porte, de vivant ou de mort ; Une colonie de tueurs peut être. D'une voix rauque je demandai qui était là. C'est un député qui nous rendait visite.

Il avait les traits tirés et la peau plus jaune que la veille. De taille moyenne, ni beau ni laid, il était vêtu d'un blazer et d'un pantalon gris. De ses cheveux blonds filasses une mèche retombait sur ses lunettes. Comme demandé à travers la porte il m'avait donné son nom. Pour éclairer ma mémoire il m'avait aussi donné sa profession que je lui ai rendue aussi sec et rappelé où nous nous étions rencontrés. Je me demandai ce qu'il pouvait bien vouloir.

Notre accueil dut le surprendre quelque peu. Karin tenait mon marseillais à la main et je recommandai à notre invité surprise d'avancer en évitant tout geste brusque. Ensuite je l'ai fouillé. Il n'avait pas de bavard sur lui alors seulement je l'ai invité à s'asseoir et à m'exposer ou justifier l'objet de sa visite.

Un peu interloqué, il se laissa guider jusqu'à une chaise et pour réchauffer l'atmosphère j'offris une tournée générale de dry martini. Le bureau était encore quelque peu en désordre, mon visage tuméfié et la bosse de Karin étaient bien visibles. Le député nous dévisagea avec de grands yeux de merlan qui aurait eu pour premier client un punk à cheveux verts. Je m'excusai pour l'accueil un peu brutal.

- Vous savez, la vie de journaliste est pleine de surprises alors on est obligé de prendre des précautions et puis, comme vous avez dû le lire sur la porte, je suis aussi détective et je suis souvent malgré moi en affaire avec des gens violents, j'en ai déjà vu passer tout un train aujourd'hui, mais je m'égare, quel bon vent vous amène ?

Je m'empêtrais un peu dans mes explications mais il y a quelque chose que je ne comprenais pas.

- Au fait, qui donc vous a donné mon adresse ?

Il semblait en partie remis de sa surprise et pas si étonné que ça d'avoir été reçu par une Karin un soufflant à la main.

- Pas très difficile, j'ai consulté les pages jaunes sur le net et il y avait votre adresse.

Ma question avait été stupide très simplement et pas digne d'un détective dont je me faisais une opinion haute. Le député continua... Mais nous en reparlerons plus tard...

Une fois le député sorti, je remontai à l'appart essayer de rafistoler ce qui restait de ce qui avait autrefois été mon visage et comme l'heure du dîner était en tramway, c'est à la mode, de passer, je redescendis proposer à Karin de nous en aller nous restaurer. Ensuite j'avais rendez - vous dans une boîte de nuit, « Le wagon lit » avec une dénommée Vertine. Elle avait écrit à Bernallier en lui indiquant ses heures de passage en cette glaciale soirée. A défaut de l'écrivain, c'était moi qu'elle allait y rencontrer.
J'avais toujours dans ma poche sa lettre, subtilisée dans une boîte à lettre de la rue Vanneau.

Nous allâmes nous restaurer d'un mélange de rats, de chats et de chiens au chinois de la rue Surcouf, peut-être n'était -ce en fait que du vulgaire canard laqué et j'essayai mes déductions sur Karin. Un peu abasourdie par mes théories elles ne lui parurent cependant pas aussi loufoques que ça.
- Pourquoi ne vas-tu pas simplement chez les keufs tout leur raconter ? Ils feraient toutes les arrestations nécessaires et rapporteraient le disque dur de l'ordi. Il contient une thèse que je finissais de taper sur l'impressionnisme chez Camus et une autre sur les échecs de Lewis Caroll dans l'œuvre d'Arrabal. Je n'ai pas de copie de sauvegarde et je dois terminer les deux avant la fin de la semaine. Comment est-ce que je vais faire ?

- Tu n'as qu'à tout recommencer, la vie est faite de renoncements. Je ne peux pas aller à la maison poulemince avec mes théories. Je n'ai l'ombre d'une preuve, ce qui n'est pas neuf quand j'avance une théorie et Gloussard est persuadé d'être sur la piste de l'assassin. Il va rire à ce à ce qu'il reste de mon nez si je vais le voir. Mais une preuve ce n'est pas si difficile à trouver. On pourrait par exemple retrouver Bernallier.

- Tu sais où est Bernallier ?

- J'ai une petite idée. En procédant par élimination, il y a un endroit où il pourrait bien se trouver.

Chapitre 18

Le Wagon Lit se trouvait non loin de la Bastille, rue Sedaine, poète et auteur dramatique né en 1719, non loin de la rue de Lappe hantée par Mouloudji ; C'était une ancienne usine reconvertie. Malgré le nom, il n'y avait pas de lit, parfois on se fait mener en bateau. Pas de wagon non plus dans la fumée et le brouhaha ambiants. Des banquettes de la SNCF, ça oui, devant lesquelles étaient posées des tables basses, autour d'une vaste piste lasérisée et ultraviolatilisée sur laquelle dansaient sur fond de rap gentes dames et damoiseaux. Il y avait aussi un vaste bar duquel je m'approchai à pas de privé. J'y passai commande et fixai d'un regard Zeiss ikon la porte d'où entrait ou ressortait la foule.

C'était peut-être mon côté schzophréno-paranoïaco tendance Lacan, le « ça » qui ressurgissait, mais j'avais la vague impression d'avoir été filé depuis mon départ de chez le chinois. Si quelqu'un me suivait, il n'avait aucune raison de ne pas venir voir ce que je trafiquais dans cette boîte, d'autant que j'avais joué à celui qui ne sait pas qu'il a été suivi. Mais dans les dix minutes qui elles aussi suivirent, aucune connaissance ne fit irruption. Que l'on me filocha ne me dérangeait plus guère. Il n'y avait aucune raison que l'on tenta à nouveau de me trucider, maintenant qu'il était clair que je n'avais pas encore le manuscrit. Quelqu'un devait se dire qu'à un moment je mettrai la main dessus et qu'alors viendrait le temps de m'estourbir. Pour l'instant je ne risquais rien.

Ne voyant personne venir je me mis à la recherche de Vertine ; cela me pris un certain temps, vu que d'elle je ne savais rien. J'interrogeai sans avoir l'air d'y toucher, loufiats et videurs, dealers et entraîneuses, piliers de bar et d'autres dont le nom m'échappe. Laissant des euros ici et là, je finis par me la faire montrer du doigt, ce qui n'est pas poli par un punk aux couleurs d'arc - en - ciel et aux pupilles comme des épingles. Vertine avait les yeux et les bottines vertes, c'est pour cette raison je pense qu'on la nommait Vertine. A part cela, elle avait des cheveux roux et frisés et des lunettes roses. Comme je l'appris plus tard, elle créchait dans le quartier.

Elle lisait Le Livre Tibétain des Morts sous les lumières aux humeurs changeantes de la piste. Paradoxe dialectique ou provocation subtile. De toute façon ce ne devait pas être facile.

Je lui demandai poliment si je pouvais m'asseoir et elle ne répondit pas. J'expliquai la raison de mon intrusion dans ses méditations philosophiques et elle posa son bouquin.

- Ca fait trois semaines que j'essaie de le joindre, je lui ai même envoyé une lettre. Je ne comprends vraiment pas. On devait se rendre à une exposition sur le Ladakh la semaine dernière mais rien, pas un mot. Je l'ai attendu toute la journée. Mais au fait, comment cela se fait que vous me connaissiez ? Qui vous a dit qui j'étais et que je connaissais Bernallier ?

Je sortis sa lettre de ma poche et entamai une partie édulcorée de l'histoire. Entre autres que l'écrivain avait disparu, que sa turne avait été cambriolée et que je le recherchais pour le compte de sa maison d'édition.

- Je peux vous poser une question indiscrète ?

- Posez toujours.

Un des membres de la larbinerie des lieux étant de passage, je commandai un dry martini for me et un screw driver pour Vertine.

- A quel point connaissez-vous Bernallier ?
- Un peu compliqué ; on doit prendre un appart ensemble un de ces jours. Enfin on en a souvent parlé. Je ne sais pas si ça se fera vraiment. Il est tellement habitué à vivre seul. Vous vous rendez - compte, cela fait trois ans qu'on se connaît et il ne m'a jamais proposé de passer prendre un verre chez lui. C'est toujours chez moi que l'on se rencontre. Je me suis même demandé s'il n'était pas marié ! Mais il n'est pas marié, il est simplement dans les nuages et c'est peut-être pour ça que je l'aime.

- Savez-vous si il écrivait quelque chose de nouveau ces derniers temps, un roman, une étude, autre chose ?

- Oui, il m'en a parlé, un truc sur Mai 68, une analyse marxiste et historique des évènements.

Je failli avaler de travers le liquide que contenait le verre que j'allais porter à mes lèvres. Je me repris et posai les questions banales et aussi éculées que les souliers de Felix Leclerc.

- Est-ce qu'il vous semblait nerveux ces derniers temps ? Est-ce qu'il avait peur de quelque chose ?

- Non, il était comme toujours, rien de particulier.

- Il ne vous a pas parlé d'un autre livre qu'il aurait eu en projet ?

- Ce n'était pas son genre, quand il entamait un bouquin, rien ne pouvait le troubler ou le distraire avant qu'il ne l'ait terminé.

- Et bien je vous remercie. Réfléchissez quand même cette nuit. N'importe quel détail un peu bizarre peut m'être utile. Je passerai vous voir demain matin si vous me le permettez.

Elle voulait bien et me refila son adresse, à trois temps de là, comme dans une valse, rue Godefroy Cavaignac, homme politique né en 1801 laquelle rue s'appelait auparavant avenue de la Santé, non ça ne s'invente pas.

La nuit était bien avancée, lorsque je sortis du Wagon Lit, elle était tombée avec fracas alors que le jour lui se lève en silence. Paris était désert. Personne ne me suivait. J'avais dû être victime de ma fébrile imagination.

Rue Saint - Do, malgré le froid et la pluie, le clochard dormait paisiblement devant chez Ed, dans ses boîtes de cartons publicitaires. J'avalai un dernier dry martini et la fumée d'une de mes dernières celtiques avant de me mettre au lit en tout bien, tout honneur, avec Lunar Caustic de Malcom Lowry.

Chapitre 19

Gloussard fit irruption dans ma travée avec une douzaine de membres de la brigade anti - gang et les mitraillettes aux poings.

- C'est fini pour toi Franklin, on a arrêté le Président des Editions Z4 et il a parlé. Belle couverture pour vos tracts subversifs et vos équations avec les étoiles ! Avec vous deux sous clef, c'est la bande des cent qui est décapitée. Ça t'étonne hein, dis-le-moi que ça t'étonne de rage. Ca fait des mois qu'on vous suivait à la piste avec une patience de Touaregs. On attendait juste la veille des élections pour faire la une des journaux. C'est toujours bien une veille d'élections. On fait peur aux gens et les gens votent pour nous. Car c'est con les gens, bien plus que des moutons. Gloussard n'eût pas le temps de me passer les menottes car je fus réveillé en sursaut par le téléphone qui sifflait comme une bouilloire dans laquelle on vient de mettre des vipères à cuire.

C'était justement Gloussard qui voulait savoir si je n'avais rien appris de nouveau. Il avait beau être flic, il ne m'avait pas cru quand j'avais bobardisé que je laissais tomber l'affaire. Je répondis par la négative et comme j'étais bel et bien réveillé, décidai de me faire un thé F & M et des biscottes beurrées sans alcool. Bien entendu, elles se brisaient au fur et à mesure que je les tartinais.

Dehors la pluie avait fait place à un soleil radieux. A sa place j'aurai eu honte de mon retard et je me serais recouché. L'été arrivait. J'ouvris la fenêtre, il faisait beau et la vue s'en trouvait changée. Je décidai de me promener dans le quartier, sans but précis, simplement pour le plaisir de vivre. Rue Cler je fis quelques courses chez le charcutier polonais qui vendait un excellent poulet en gelée qui rivalisait avec son San Daniel italien.

Le temps d'arriver chez Vertine, elle serait certainement réveillée. Je lui apportais des croissants, pas de fleurs ni de bonbons.

Vertine habitait un petit deux pièces qui donnait sur un septième sans ascenseur. La décoration y était apaisante, avec des bouddhas et des tentures indiennes ;

Vertine quant à elle était lardée de coups de couteaux et le sang avait giclé un peu partout. Ca n'avait pas dû faire trop de bruit car elle était bâillonnée ; Le Livre Tibétain des Morts était par terre et l'appartement saccagé. Vertine était en pyjamas ou ce qu'il en restait.

J'étais entré sans sonner car la porte était entr'ouverte. Je ressortis à reculons et je suis redescendu sans me soucier de rencontrer d'improbables ou éventuels voisins. Je me sentais fatigué. C'était le premier jour de soleil, mais pas pour Vertine et je m'en voulais car j'aurais pu empêcher ce carnage inutile.

Dans la rue, je me dirigeai au hasard vers le premier café venu. Il se trouvait place Léon Blum. Dans la vitrine un chat noir somnolait sur la vitre d'un flipper.

Je commandai un quart Vichy et je me mis à jouer du portable. Mon interlocuteur répondit et je lui demandai de me rendre un service.

- Vous pouvez me répondre dans deux heures environ ? Oui je serais chez moi. Non, je ne sais pas, oui peut être, non pas vraiment, oui d'accord, à tout à l'heure et merci encore.

Il était bientôt midi mais je n'avais pas faim ; il n'y avait devant moi que Vertine, pyjama lacéré et couvert de sang qui tourbillonnait avec le chat noir du flipper dans une piscine verte de bile. Malgré mon dégoût, je pensais à l'assassin. Plus tard ; de retour chez moi à fumer mes dernières celtiques dans le silence. De temps à autre le mugissement d'une péniche sur la Seine.

Enfin le téléphone sonna. Sans aucune surprise j'ai écouté et remercié le camarade qui était à l'autre bout du fil. Maintenant j'étais certain de retrouver Bernallier ainsi que le meurtrier de Volny et de Vertine. J'allais commencer les grandes manœuvres le soir même. En attendant il me fallait absolument penser à d'autres choses. Alors je me suis recouché en espérant rêver.

Chapitre 20

La maison de Neuilly n'avait pas trop changé depuis la réception. Berkany fut surpris de me voir mais j'eu l'impression que ça le soulageait un peu et que d'une certaine façon qui n'était pas certaine, ça lui faisait plaisir. Deux dry martini plus loin, je lui expliquai le but de ma visite.

Je commençai par reprendre toute l'histoire, l'entrevue avec Volny, l'appartement vide de Bernallier, les tentatives de meurtres et les meurtres réussis, mes entretiens avec Gloussard et ses conclusions. Ensuite je suis passé à mes déductions.

- Bernallier était sur quelque chose de très gros, bien trop lourd pour lui. Au fur et à mesure qu'il avançait dans son travail, il apercevait de nouvelles ramifications de ce qu'il appelait le groupe des cents. Au lieu de garder le secret sur ce qu'il découvrait il en parlait avec inconscience et la légèreté de l'être, entre autres avec son directeur littéraire qui ravit l'encourageait.

Mais Bernallier n'était pas si stupide et il a découvert que Volny lui aussi était de mèche avec ce groupe. Après la mèche, c'est souvent une bombe qu'on trouve mais en général il est déjà trop tard.

Il a pris vraiment peur. Il avait trop parlé et ni la mèche, ni les gens dont il parlait n'avaient de lien avec des poules mouillées. C'était clair, on attendait avec patience qu'il termine son livre pour le descendre.

- Mais pourquoi ne pas le liquider tout de suite ?

- Parce que le manuscrit était important. Il fallait l'analyser dans sa globalité pour comprendre d'où venaient les fuites qui permettaient à Bernallier d'en savoir autant. Mais Bernallier a pigé et le seul moyen pour lui de s'en tirer était de disparaître avec son manuscrit. En fin de matinée aujourd'hui, j'ai bigophoné à Gloussard pour lui demander si la police des frontières avait quelque chose sur

Bernallier. Oui, il avait pris un avion deux semaines auparavant pour la Suisse où il n'avait séjourné que deux jours. Depuis, pas de nouvelles mais je suis convaincu qu'il est retourné là - bas et c'est ici que vous pouvez intervenir. Je crois savoir que vous êtes d'assez bons amis ? » « Oui, très bons amis même et si je peux faire quoi que ce soit...

- Justement je n'ai aucun moyen de me rendre en Suisse pour essayer de le retrouver, mon temps risquerait de se perdre car il serait plus qu'incertain que j'obtienne des résultats, tandis que vous, avec vos relations et vos bureaux sur place.

Berkany semblait ravi de pouvoir m'aider. Il était prêt à remuer la terre et le diable, le ciel avec ses espoirs et la terre avec son enfer. C'est alors que je lui ai demandé si le cadavre était toujours dans sa cave. Le flingue apparut dans sa main comme un lapin magique mais il n'eût pas l'occasion de s'en servir. Derrière la porte qui avait volé en éclat, se tenaient Gloussard et six flics de la brigade anti machins, les mitraillettes au poing.

Chapitre 21

Karin était très heureuse car elle avait récupéré le disque dur de l'ordi. J'étais assis les pieds sur le bureau, un martini dry à la main.

- Ce qui m'étonne c'est à quel point tout cela a pu être bête.

- Le problème a commencé à se simplifier quand on a essayé de me descendre la première fois. Ca ne pouvait être qu'une des personnes présentes au pavillon de Neuilly. De là, ma tâche était simplifiée, je n'avais que cinq suspects : Château, le député du Jura, Lapérousse, Bergas et Berkany. Les futures stars virtuelles fabriquées dans les usines de jouets chinoises je les ai éliminées d'office. Même si elles pouvaient sembler intelligentes par moment elles n'avaient aucune envergure. Quand on m'a emmené en ballade à Bercy, j'ai pu éliminer un suspect, Bergas. Château m'avait parlé de ses liens avec les palestiniens. Sur le coup j'ai cru que c'était lui le coupable potentiel mais ça ne tenait pas debout. Les types qui m'interrogeaient voulaient savoir où était Bernallier et qui avait tué Volny. Si ils l'ignoraient, ça ne pouvait pas être eux les coupables et ça ne pouvait donc pas être Bergas non plus.

Je crois qu'étant au courant du livre que Bernallier était censé écrire, il en avait parlé à ses amis syriens et que ça les avait intéressés. Si il contenait des preuves contre des hommes politiques occidentaux, c'était bon à prendre.

Ils attendaient donc que Bernallier ait fini son bouquin pour le voler. Malheureusement pour eux ils se sont fait devancer. C'était l'impasse, la disparition de l'écrivain, volontaire ou non signifiait que le bouquin était terminé mais ils n'avaient aucun moyen de mettre la paluche dessus.

C'est alors que je me suis encadré dans le tableau avec mes questions à la noix. Ils se sont dit que je devais être au parfum de quelque chose, ils ont vu là une chance de remonter jusqu'à Bernallier et on connaît la suite.

Quand je suis rentré cassé rue Saint-Do et que tu m'as raconté l'agression, j'ai pu éliminer Château au figuré. J'étais avec lui lorsqu'on t'a assommée. Je ne l'avais à aucun moment véritablement suspecté mais là j'avais une preuve.

Il en restait trois. Un seul avait la carrure qui correspondait à celle de ton agresseur, mais c'était pas une preuve, fallait donc continuer. Le député s'est disculpé quand il nous a rendu visite. Son histoire est- intéressante. Lors de la soirée, il m'a entendu poser quelques questions. Ensuite il a entendu d'autres invités parler de Bernallier et de son livre. Il s'est imaginé qu'il y avait certainement là une mine à scandales foireux pour les élections et que de plus, s'il arrivait à s'entendre avec Bernallier et que par chance étaient cités dans son manuscrit quelques membres de son propre parti qui n'est pas si propre que ça, il leur rendrait un fieffé service négociable et monnayable. Je crois que si il l'avait rencontré il aurait tenté d'acheter l'écrivain ou tout au moins son bouquin et pour ça, tu peux me croire, il avait tout le fric nécessaire.

A partir de là, je n'avais plus que deux suspects et une histoire à reconstituer. Bernallier avait besoin d'argent, alors il a fait croire qu'il était sur un truc énorme et plus délicat que les œufs de la poule qui les avait en or. Il fallait que son éditeur lui fasse une avance. Ses derniers écrits avaient été des bides et il dansait sur une corde raide. Jusqu'au fisc qui lui courrait après et pas pour la bagatelle. J'ai appris ça en lisant le courrier trouvé dans sa boîte à lettres.

Alors, il s'est lancé dans un patient travail de désinformation, faisant si bien croire à son manuscrit que tous ses amis furent convaincus de son existence et à fortiori son directeur littéraire qui fréquentait plus ou moins les mêmes gens. Quand quelqu'un lui parlait de Bernallier, un peu par bêtise je pense, il faisait allusion au travail que celui - ci était censé avoir entrepris, en amplifiant à la sauce marseillaise. Pas étonnant qu'une fois l'écrivain disparu, Volny se soit inquiété !

- Mais il fallait bien que la vérité éclate un jour, comme une bombe au soleil ! » « Ca aussi, il l'avait prévu. Après quelques mois, quand tout le monde penserait son travail sur le point d'être achevé, il devait être victime d'un enlèvement, factice bien entendu. Devant des journalistes béats il aurait annoncé que son manuscrit avait été volé, en aurait expliqué les sujets ce qui aurait fait grand bruit dans les chaumières et les foyers incandescents de certains politiciens.

L'enlèvement factice a bien eu lieu mais il a choisi de se planquer chez Berkany. Mauvais plan et ça lui a été fatal. Quand j'ai appelé Gloussard ce matin c'était pour qu'il se renseigne sur les finances de Lapérousse et de Berkany. Quand il m'a rappelé il m'a informé que si le premier n'avait aucun problème particulier, le second en revanche était au bord de la faillite. Il avait spéculé sur une hausse éventuelle de l'étain sur les marchés à termes et manque de chance l'étain se cassait la gueule rétamant notre client en même temps. Les pertes étaient colossales. De plus, sa compagnie d'aviation avait des problèmes avec le FBI, le trafic de cocaïne n'étant plus ce qu'il était.

Une fois ma discussion avec Gloussard terminée, je lui ai demandé de me suivre le soir même au pavillon de Neuilly. Une fois sur place, j'ai inventé une belle histoire à l'intention de Berkany, le temps que le commissaire se mette en place avec ses hommes et aussi pour voir quelle serait la réaction de mon hôte quand je lui expliquerais que le manuscrit était dans un coffre en Suisse et que j'avais besoin de lui, pour m'aider à le récupérer.

- Mais tu m'as dit que tu n'avais aucune preuve, que tu ne pouvais donc rien raconter à Gloussard !

- La situation avait changée. Il y avait le cadavre de Vertine et quand j'ai appelé le commissariat du café, j'ai joué cartes sur table. Ce second meurtre était trop écœurant et lâche. Ça, je ne pouvais pas le garder pour moi. C'est alors que Gloussard m'a appris que depuis la veille au soir, il me faisait surveiller. Il savait que je n'étais pour rien dans ce meurtre. En fait, je suis un excellent détective. Quand je me suis rendu au Wagon - Lit j'étais effectivement suivi et par Berkany et par les flics... Et je n'ai rien vu, comme quoi Brel avait bien raison, il vaut mieux être suiveur que suivi.

Donc, un Berkany au bord de la faillite. Quand Bernallier est venu se planquer chez lui, il a vu là une aubaine aux accents spirituels. Comme tous, il était persuadé de l'existence du manuscrit et mettre ses sales paluches dessus lui aurait permis de faire chanter plus de gens qu'il n'existe de chanteurs à la croix de bois. Il a trucidé Bernallier, a traîné le cadavre dans sa cave, il ne pouvait guère en faire autre chose. On ne se promène pas comme ça avec un macchabée dans les rues de Neuilly, ça fait pas vraiment bon chic, bon genre. Il se proposait peut être de l'emmurer par la suite et puis il est allé perquisitionner dans l'appart de la rue Vanneau. J'imagine sa tête quand il n'y a pas trouvé l'ombre d'un manuscrit ! Alors il s'est dit que son bonheur était peut être chez Volny. Il n'a pas eu de mal à le descendre, n'oublions pas qu'ils se connaissaient et Volny ne se méfiait pas. A nouveau que dalle. Il a piqué quelques objets qu'il a dû balancer dans la Seine ou un truc théâtral du style afin de faire croire au crime crapuleux. Mais il se trouvait dans une impasse et c'est alors qu'on arrive dans le tableau. La première impulsion de Berkany fut de me flinguer. Puis il a réfléchi comme un miroir craquelé que j'étais plus utile vivant que mort. Après s'être convaincu que je n'avais pas encore le manuscrit il a décidé de me filer. Il m'a vu discuter avec Vertine et l'a suivie quand elle est rentrée chez elle, espérant qu'elle savait quelque chose.

- Mais il aurait pu simplement l'assommer, pourquoi la tuer ?

- Le type devenait maboul. Il était pressé comme un pamplemousse trop mûr et tout ce qu'il réussissait à amasser, c'étaient des cadavres. Déjà deux, alors un troisième...

- Mais Vertine, qu'est-ce qu'elle t'a appris dans tout ça puisque tu soupçonnais déjà Berkany avant de la rencontrer ?

- Vertine connaissait bien Bernallier et c'est pour cela que je suis allé la voir. Je ne savais pas ce qu'elle pourrait m'apprendre, mais il ne fallait rien négliger. Après avoir discuté avec elle, j'étais convaincu que le manuscrit ce n'était que du bluff. Bernallier avait menti à tout le monde mais pas à elle. Peut-être qu'il l'aimait, peut-être qu'elle était totalement étrangère à toutes ses autres fréquentations, peut-être qu'elle était jeune. Il ne l'avait jamais mêlée à ses magouilles. Il ne voulait même pas qu'elle lui rende visite chez lui. Personne n'est totalement mauvais, il avait peut-être besoin d'un regard clair au milieu de sa sombre vie. A Vertine il disait la vérité, c'est vrai qu'il travaillait en fait sur une étude invendable sur les évènements de mai 68.

- Il reste quand même un dernier point, pourquoi est-ce que Gloussard t'a fait suivre ?

- Amusant non : il n'a jamais cru à mon histoire d'espionnage de manuscrit. Il était persuadé que Volny m'avait engagé se sentant en danger mais que je n'avais pas eu le temps d'agir, Volny étant mort le jour même. Mais je devais savoir quelque chose et fatalement je finirai par le conduire quelque part, avec un peu de chance au meurtrier. Ce que j'ai d'ailleurs fait. C'est pour que je ne me méfie pas qu'il m'a raconté qu'il était sur une autre piste. Là il m'a bien eu. J'ai failli perdre les pédales qui heureusement ne se sont pas trop montrées dans cette enquête. Son histoire cadrait trop bien avec le manuscrit disparu et comme il n'y avait pas de manuscrit, je me suis demandé à quel jeu il pouvait bien s'amuser. Ce n'était qu'une coincidence, il en faut une de temps à autre pour pimenter la vie.

Le verre de Karin était vide et le mien aussi. Nous nous resservîmes un ultime dry martini.

Chapitre 22 (mais les flics sont déjà là)

Le cadavre de Bernallier fut bien retrouvé dans la cave de Berkany, non pas au milieu des bouteilles millésimées qu'il collectionnait. Contrairement à ce que je pensais il était déjà emmuré. Il fut transporté au Père La chaise par une belle journée ensoleillée. Des gens se plaignaient de la chaleur : « Qu'est-ce qu'il fait chaud, c'est dingue, je n'ose plus sortir de chez moi » disait un loquedu à un autre loquedu.

Berkany fut condamné à vingt ans de réclusion ; Il ne se plaint pas du soleil et fabrique des fleurs artificielles. De sa cellule la vue est excellente sur un troquet qui s'appelle « Ici mieux qu'en face ». Quand il est dans sa cellule il lit des romans policiers.

Bergas continue de plaider à droite ou à gauche. Durant deux ans il a disparu de la circulation, certains disent l'avoir aperçu en Syrie.

Lapérousse s'est lancé dans la politique ; Il est maire d'une ville de la banlieue parisienne dont il a commencé la rénovation en expulsant les personnes âgées à revenus modestes ainsi que les ouvriers, cette racaille qui ne paie guère d'impôts et à l'impudence quand elle n'est pas d'extrême droite de voter à gauche, c'est à dire dans la grande majorité des cas.

Le jeune député du Jura est devenu ministre et a fait une carrière étonnante et crapuleuse. On l'a retrouvé suicidé à son bureau d'une balle de revolver, lequel ustensile ne fut jamais retrouvé.

Château a continué sa carrière télévisée, avec une certaine modestie il a changé son nom qui faisait trop aristocrate.

Karin en a marre de taper des thèses débiles pour étudiants et profs de fac tout aussi boutonneux les uns que les autres. Elle cherche un job si possible dans l'édition ou la production, des fois que vous auriez des idées...

Les minettes virtuelles sont toujours virtuelles.

Gloussard va bien et les criminels ont intérêt à se tenir peinardos.

Son acolyte a quitté la police et gagne sa vie qui pourtant lui appartient déjà comme travello dans un strip tease de la rue Saint Denis. Il est ravi.

Tous les autres personnages de passage continuent leur vie paisible et le clochard de la rue Saint - Do dort toujours dans ses cartons devant chez Ed.

Et puis, le deuxième sous - secrétaire n'a jamais revu son pays. Il a demandé l'asile politique mais avant que celui - ci ne lui soit accordé, une voiture l'écrasait, non loin de la place de l'Estrapade. Son corps non rapatrié a été utilisé en fuck de médecine. Grâce à lui des étudiants ont pu apprendre à disséquer un cadavre.

Vagador Beach Goa, le 22/12/1987,
Saint Paul de Vence, le 08/04/2009,
le Monthury, le 22/12 2018.

Achevé d'imprimer en décembre 2018
Pour le compte de Z4 Editions

www.ingramcontent.com/pod-product-compliance
Lightning Source LLC
Chambersburg PA
CBHW030149200626
46812CB00016B/1766